張在用 詩集

갈대의 노래

장재용 지음

 도서
출판 행복에너지

갈대의 노래

초판 1쇄 발행 2021년 12월 15일
저 은 이   장재용
발 행 인   권선복
편   집   권보송
디 자 인   오지영
전 자 책   노유경
발 행 처   도서출판 행복에너지
출판등록   제315-2011-000035호
주   소   (07679) 서울특별시 강서구 화곡로 232
전   화   0505-613-6133
팩   스   0303-0799-1560
홈페이지   www.happybook.or.kr
이 메 일   ksbdata@daum.net

값 15,000원
ISBN   979-11-5602-946-5   (03810)

張在用 詩集

갈대의 노래

장재용 지음

도서
출판 행복에너지

시인의 말

쉼 없이 흘러가는 물은, 물가에 외로이 서서 갈색 옷 입고 흰머리 휘날리며 노래 불러주는 갈대가 없으면 얼마나 쓸쓸할까요? 키는 껑충 크고 속은 비었으나 비가 새지 않게 이엉으로 지붕 덮어주고 그 뿌리는 아세틸콜린을 활성화해 노년의 삶에 치매를 예방해 준다니 신의 선물입니다.

바람에 흔들리면서도 넘어지지 않는 갈대, 쓰러져 눕다가도 오뚝이처럼 다시 일어서는 갈대, 그 몸짓이 부러웠고 닮고 싶었습니다.

신경림 시인의 시에서처럼 갈대는 속으로 소리 없이 울고 있었습니다.
그러나 갈대는 흔들리고 울면서도 꺾이지 않는 '믿음'이 있었습니다.

밤이 깊을수록 아침은 더 가깝습니다.
힘겨웠던 시절, 갈대처럼 외롭게 서서 희망의 노래를 불렀습니다.

긴 밤이 지나고 가슴 벅찬 여명의 빛이 밝게 빛나고 있습니다.
갈대는 이제 외롭지 않습니다.
소리 없는 울음 그치고 쉼 없이 흐르는 물과 친구 되어 삶의 환
희를 노래 부르고 있습니다.

작가 장재용

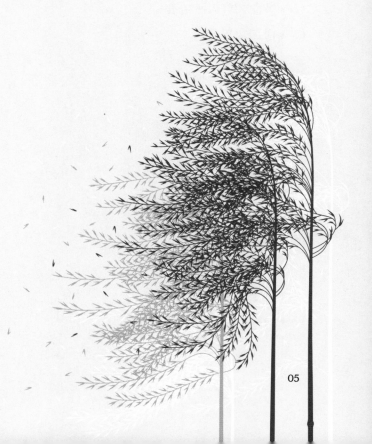

목차

04 ● 시인의 말

1부

014 ● **신노년의 감사**

016 ● **구름 나라**

019 ● **봄이 오면 1**

020 ● **봄이 오면 2**

021 ● **봄을 기다리는 마음**

023 ● **내 고향의 입춘**

024 ● **내사랑 여름**

025 ● **삼복더위**

027 ● **여름이 가고 있네**

029 ● **가을바람**

030 ● **가을 산책**

031 ● **가을비**

032 ● **장맛비**

033 ● **뙤약볕**

034 ● **단풍 나라**

036 ● **단풍**

037 ● **늦가을의 회상**(回想)

039 ● 초겨울

041 ● 봄비 1

042 ● 봄비 2

043 ● 기다리던 봄

044 ● 늦가을

2부

046 ● 3월이 되면

047 ● 4월을 보내며

048 ● 5월의 노래

050 ● 6월이 오면

052 ● 회상(回想)

053 ● 구름이 머물고 가는 구월

054 ● 시월

056 ● 11월에

057 ● 12월을 보내는 마음

059 ● 한 해를 보내며

060 ● 정유년을 보내면서 올리는 기도

061 ● 그리운 시절

062 ● 그 겨울이 또 오네

063 ● 단풍잎 떨어질 때

064 ● 눈이 비처럼 쏟아지는 날

065 ● 눈꽃이 피면

3부

068 ● 할머니의 길

069 ● 어머니 1

071 ● 어머니 2

072 ● 아버지

073 ● 아내의 날

075 ● 장미꽃 당신

077 ● 아들과 딸에게 1

080 ● 아들과 딸에게 2

082 ● 보면 볼수록 예뻐라

084 ● 벼 이삭

086 ● 젖은 낙엽을 밟으며

087 ● 그 시절 그리워

088 ● 만주의 천년고도

090 ● 복(福)

091 ● 운명 1

092 ● 운명 2

094 ● 운명 3

095 ● 운명을 바꾼다는 것

4부

098 ● 산을 오른다 1

099 ● 산을 오른다 2

100 ● 산을 오른다 3

101 ● 밤안개

103 ● 물안개

106 ● 어울림 텃밭에 서서

108 ● 그대를 기다리며 1

109 ● 그대를 기다리며 2

111 ● 인생은 나무처럼

113 ● 설빔

114 ● 서설(瑞雪)이 내리던 날

116 ● 밤의 적막 속에서

118 ● 나이테

119 ● 미친 빗방울

120 ● 전봇대

122 ● 매미 소리

5부

124 ● 지금 하십시오

125 ● 산다는 것은

126 ● 오른손

128 ● 말(言語)이 된 찬바람

129 ● 우리 모두 한 몸 되어

131 ● 밑바탕

132 ● 우리말

133 ● 나는 허수아비

135 ● 죽음

137 ● 먼 길

139 ● 소리

141 ● 찬바람 속 복수초(福壽草)

142 ● 그대, 아직도 꿈꾸고 있나요?

144 ● 사랑이란

146 ● 잊혀진 사랑의 계절

148 ● KTX에 올라

150 ● 새벽을 여는 사람들

151 ● 마지막 걷는 길

153 ● 행복

154 ● 꽃향기처럼

6부

156 ● 그래도 팔십은 가야지!

157 ● 갈등(葛藤)

159 ● 인생길 한 편에 서서

161 ● 병마와 싸우는 삶

163 ● 여로(旅路)에 오르다

165 ● 꽃은 피고 있는데

167 ● 파도

168 ● 하루살이

169 ● 아침을 맞이하며

170 ● 슬픈 사랑

172 ● 봄비와 고로쇠나무

173 ● 인생은 흔들림 속에

174 ● 알밤 줍던 날

176 ● 나이 듦에 대하여

178 ● 태화강변 대나무 숲

179 ● 눈보라

180 ● 폭포수가 흘러가는 곳

182 ● 좋은 글을 만나면

7부

184 ● 어둠을 넘어서

186 ● 흔들리는 하루

188 ● 시(詩)

189 ● 벗이 있다면

191 ● 시가 노래 되어

192 ● 눈(目)에 찾아온 손님

193 ● 누군가 행복할 수 있다면

194 ● 여름밤의 음악회

196 ● 여자니까

197 ● 사랑의 의미

198 ● 첫 만남

199 ● 서울역 단상(斷想)

200 ● 신노년에 보내는 편지 1

202 ● 신노년에 보내는 편지 2

204 ● 신노년에 보내는 편지 3

205 ● 세상의 끝

207 ● 동화 속의 숲길

209 ● 게이랑에르

210 ● 요정들이 사는 비올리 산

211 ● 마지막 밤

213 ● 이제는, 감사해하며 살고 싶어

216 ● 첨부: 애도(哀悼) / 루이스 글릭

218 ● 詩 寸評 : 김순옥

222 ● 출간후기

1부

신노년의 감사

침략 근성 총칼 아래 강제로 뺏긴 나라
창씨개명 핍박에도 인내로 극복하며
우리 못남 깨우치니
감사함을 알게 됐지

나무껍질 칡뿌리에 목숨을 이어가고
우박 같은 포탄 속에 형제지간 총 겨누며
온 세상 피바다로 농토는 폐허 되고
계속되는 흉년으로 한숨 소리 높았어도
해 뜨면 일터 나가 별을 보고 들어오니
희망의 종소리에 온몸을 불사르며
나라님께 감사하고 조상님께 감사했지

벌거숭이 나무들의 고독한 겨울잠도
깊고 깊은 아픔도, 굳건한 인내심도
파란만장 인생살이 한 조각 파편이거늘
가족은 흩어져서 하늘의 별을 세며
황량한 벌판에서 독립운동 떠올리고
까마득한 절벽 위에 소나무 고고하듯
섶을 깔고 노숙해도 인동초는 피어났지
산야의 야생초들 바람소리 물소리 새들의 노랫소리

물가의 피라미도 반갑다 맞이하고 힘차게 활개치니
어느 것 하나인들 감사하지 않겠는가?

복지관 풍물 소리 젊음을 되찾으며
생활영어 중국어에 새롭게 도전하고
홀트복지회 봉사로 새 출발 감사하지

머리에 흰 눈 이고 고목처럼 말랐어도
만나는 사람마다 손잡고 웃다 보니
근심 걱정 원망 분노, 어느덧 행복으로

아! 이제 남은 삶은
내가 받은 이 큰 복을 이웃과 함께 나누며
감사해하며
보람 있게 살고 싶어

구름 나라

(텔아비브에서 로마로 가는 비행기에서)

발아래 내려다보이는 구름바다.
넓기도 하다.
구름계곡의 높낮이는
지리산 피아골 산봉우리 정경과 흡사하다.

구름 산맥,
그리고 구름 강
천천히 흘러가는 구름,
바람 따라 급히 이동하는 구름,
움직임 없는 솜털 구름.

구름 위에는
또 하나의 세상이 펼쳐진다.

비추는 햇살의 강도에 따라
흰색, 잿빛, 검푸른 색깔이 어우러지고
흐르는 속도에 따라
천천히 또는 빨리 움직인다.

국화꽃, 연꽃 모양의 구름조각
저 멀리 지중해 바다가 아스라이 보인다.

올려다보는 구름과 다른,
또 하나의 구름 나라가 보인다.
발아래 구름 세상이 있는 것같이
올려다보이는 지붕은
끝이 없는 푸른 창공뿐.

햇살이 만들어 내는 구름 세상은
금빛, 은빛 찬란한
형형색색 조각품 세상.

점점이 흩어진 솜뭉치는
높게, 낮게, 크게
또는 작게 뭉쳐져 있다.

그것은 내가 바라볼 수 있는,
엄청나게 큰
한 폭의 그림이다.

일몰의 빛을 받아
황금빛으로 물드는 구름의 성벽,
잿빛의 어둠으로
시시각각 변하는 구름 덩어리들.

멀리서부터 희뿌옇게 어두워지는 구름 햇살이
구름 나라에도

밤이 다가옴을 알려주고 있나 보다.

어느덧
구름 나라는 온통 흑색으로 변하고,
일몰로 인한, 하늘과 구름과의 경계, 운평선은
자로 잰 듯
일직선의 잔영으로 변한다.

아!
황홀한 구름 나라의
신비스런 모습이여!

봄이 오면 1

멀리 보이는 빈 들
아지랑이
꽃향기처럼 피어오르고

살어름 밑에는
재잘 재잘 노래 들리고

학당 소 은어떼
오색 무지개 빛깔로 날개 달고 뛰어오른다.

뒷동산 철쭉
새악시 가슴처럼 꽃봉오리 피우고
봄봄봄 빈 들도 움트고
졸졸졸 강물도 소리 내는데

돌아누워 있던
돌, 나무, 새들도
오색으로 물드네

봄이 오면 2

묵묵히 눈보라 속에서
숨죽이고 억눌리며
아픔 견뎌낸 너

어느새
방긋방긋 웃는 아이들 닮아있구나

현란한 아름다움 보여주려고
깊숙이 참고 참아
인고의 시간 견뎌낸 너는

산비둘기 불러 모으고
꽃망울 떼 지어
내 마음 홀리고 또 홀리어

봄이라는 이름표 달고
내 앞에 서 있구나!
어느 순간에
황홀하게

봄을 기다리는 마음

입춘이 지났는데
위천강은 아직 꽁꽁 얼고
장독대가 깨졌어
동장군을 이길 수 없나 봐!

그 겨울의 강짜가 무서웠지만
천 번의 바람이 운무를 걷어냈지

나는 그것이 봄볕인지
햇빛이 베란다에 도착하고야 알았어

쉿! 조용히 해,
지금 물을 올리고 있어!
얼었던 땅이 갈라지는 소리가 들려

나는 주사기로 고로쇠 물을 뽑을 거야
고로쇠나무야, 미안해
네가 얼마나 오래 참고 기다렸는지 미처 몰랐어…

이제 나눠주자,
달디단 물을!

잎도, 향도 피워내야지!

난 언제 여름 가고 가을 가는지 몰랐어.
겨울과 봄만 알았던 거야.
참고 기다리면 봄을 주는가 봐!
봄은 원하는 사람에게만 오는가 봐!

고마워, 내 곁에 와줘서!

내 고향의 입춘

내 고향 겨울이 가면
동네 뒤편 학당 소의 얼음이 녹고
잡초 우거진 덩굴 주위에 개구리 알들이 끼리끼리 뭉쳐 있었지.
저것들이 언제 올챙이 될까?
그것이 궁금했었어.

내 고향 뒷동산에 눈이 녹으면
온갖 산나물들은 이제 내 세상이 온 듯 뾰족뾰족 얼굴 내밀었지.
그렇지만 나는
온 산을 붉게 물들이는 철쭉이 언제쯤 필까?
그것이 더 궁금했었어.

내 고향에 입춘이 오면
을씨년스럽던 들녘에 생기 돌고
멀리 보이는 논두렁 사이사이에 물안개처럼 눈 녹은 김
무럭무럭 피어올랐지.

개구쟁이 꼬마들은 제 세상 만난 듯
산으로 강으로 들녘으로 꽃샘추위 아랑곳하지 않고
천방지축 뛰어다녔었는데…

내사랑 여름

도둑고양이처럼,
나도 모르게 가뭄과 함께 온 너.

북풍한설 몰아치던 지난겨울
태백산 천제단에서
난, 네가 그리웠지.

내가 일편단심 짝사랑할 때
넌, 변덕도 심술도 부렸지.

태풍 몰고 와 내 뺨 할퀴고
우수수 익어가는 수수깡 괴롭히고 그래도
난, 너를 못 잊어.

백사실 계곡에 발 담그고
한 잔 술 주고받으며
이태백도, 김삿갓도,
부러울 게 없는데

네가 나를 싫어한들
내가 너를 보낼 순 없지.

삼복더위

온 세상 녹여내려
적도에서 굴러온
이글이글 타오르는 태양

50년 전 그날
작전 지역 혼바 산도 땡땡 더위였는데

그날과 오늘
씨름하면
그래도 오늘이 더 힘 달린다.

불볕더위
염천
삼복더위
무더위
누가 더 쎈가?
힘자랑 지켜보자!

무더위 한가운데서 숨죽이며
가만히 가부좌하고 매화꽃 부채 흔들 때
핫팬츠에 민소매 선글라스 끼고

활보하며 지나가는 아가씨

누구라도 하고 싶지!
흐르는 물에 탁족하고
느티나무 그늘에서
신선놀음하고 싶지!

여름이 가고 있네

둥근 달이
서쪽 하늘에서 천천히 걷고 있다.
구름 속을

말복이 지나고 태풍이 가고 나니
처서가 아닌데도 조석으로 선선하다.

새벽 네 시 반
성사 천에서 쇠백로를 만났다.
걸음 멈추고 뚫어지게 쳐다보니
후다닥 건너편으로 날아간다.

이른 새벽 뭘 찾고 있는가?
길고양이, 부지런도 하네.

길섶의 풀들, 나무들
며칠 안 보는 사이에 부쩍 커 있구나.

여름의 한가운데서 감기로 고생하다
오랜만에 만난 맑은 개울물
장맛비 속에서도 줄기차게 노래하던 매미

잠잠하구나

어느덧 여름이 가고 있네

가을바람

가을바람 하늬바람
살며시 다가와
베란다 커튼을 건드린다.

쪽빛 하늘 따라 가만히 내려와
사랑한다고 귀를 간지럽히며 속삭인다.

뙤약볕 빨간 고추 위에서
고추잠자리 한가로이 날고 있는데
도둑고양이처럼 슬며시 옆에 와서는
함께 춤추자고 한다.

돌 밤 떨어진 오솔길에
떡갈나무 목 언저리에도 파도타기 하는데

여름내 살찌운 붉은 속살의 단풍잎에도
실개천에 노니는 오리떼 가족에게도
살짝 다가와
같이 노래하자 한다.
살랑살랑

가을 산책

산이 손짓하는
돌 밤 떨어진 오솔길에
꼬부랑 할머니
나그네 길동무 하네

떡갈나무 목 언저리에 신선한 바람 일고
단풍은
천연색 물감 칠하며
허수아비는
새를 쫓고 있는데

청둥오리 노니는 강가에
피라미가 제철일세.

가을비

멀리 희미하게
하늘을 삼키는 가을비
대지의 목마름
해갈시킨다

다섯 가지 색으로 물감 칠한 산과 들에
바람까지 몰고 와서 흔들어대는 너
미칠 듯한 아름다움 망가지게 하네.

어렵사리 약속한 단풍축제
네 심술에 흐트러지고

창밖의 빗줄기 감상하며
막걸리에 부침개라

역시
가을비는 떡 비로구나

장맛비

주르륵주르륵
처마 끝에서
고드름처럼 떨어진다

하늘에 큰 구멍이 뚫려
쉼 없이 쏟아진다

어느 날은
갑자기 먹구름 몰려와 후드득후드득
굵은 빗줄기 속에서
미꾸라지 한 마리 떨어진다

아버지는
비옷 입고, 장화 신고
오늘도
논에 물꼬 보러 가신다

뙤약볕

마당 가 뙤약볕
콩 터지는 소리
고추잠자리 한 무리
비행기처럼 날고 있다

축 늘어진
가지나무도, 고추나무도
한 줄기
소낙비를 기다린다

소낙비 지나간 자리
뙤약볕
힘자랑하면

내 정수리의 대머리
곡식 익어가는 것도 모르고
평수가 점점 넓어진다

단풍 나라

단풍잎이 물드는 이유는
엽록소가 퇴색해서가 아니고
오감을 자극하고 싶어함이요

억새가 단풍 따라 서걱대는 소리는
소슬바람 때문이 아니라
누군가에게 눈길을 끌기 위해서라

강과 산의 어깨동무 사이사이
빨갛다 못해 눈이 부신 단풍 또 단풍
바람이 뺨을 스칠 때마다 부르르 떨고 있음은
그들이 온 세상을 유혹하고 싶음이어라

하늘엔 흰 구름 여유롭고
새파란 강물이 산등성이를 끌어안고서
'빨주노초파남보'보다 더 진한 단풍들이
저마다 뽐내며 미모를 자랑하는 그 가운데

사각사각, 사브작사브작, 낙엽 밟는 소리와
흙빛으로 변한 나무 등걸과 야생초도
한 무리, 두 무리, 무리지어

온갖 천연색으로 물들은 등산복 선남선녀들까지도

그 아름다움에 취해
단풍 나라 속으로 빨려 들어가며
온통
물들어 가고 있습니다.

단풍

봄과 여름을 사르고
호수의 물빛을
온갖 물감으로 채색한다.

아름답다고 말하기도 모자란 그 현란한 자태는
푸른 하늘과 어우러진 그림 같은 봉우리
세상의 온갖 아픔도 껴안는다.

세상 풍파 견뎌온 핏빛 단풍
카나리아 깃털보다 더 샛노란 은행나무 잎들
빛바랜 떡갈나무 위의
새소리, 물소리, 바람 소리, 사람들의 재잘거림도

끝없이 이어지는 오색 단풍과 어우러져
세상의 온갖 추함을 다 씻어 준다.

늦가을의 회상(回想)

스산한 바람에 옷깃을 여밀 때면
나도 모르게 슬픔이 밀려온다.

길섶의 찬 이슬이 방울방울 맺힐 때도
잊었던 향수가 온몸을 적신다.

지난 세월 아름답던 추억은
찬바람 속을 헤매는데

그대
아직도 삭풍은 생각하지 않고
꽃피는 봄날만 생각하는가?

수많은 밤하늘의 별들을 헤아리며
그대 그림자 찾았건만
그대는 어느 별에서 옛 추억을 회상하고 있는지!

비록 내가 그대 생각에
수많은 밤을 지새웠다 한들

이제

젊은 날의 초상일랑 지우고
우리는
다시 본향으로 가야만 한다.

초겨울

창문을 연다.
낮게 깔린 구름
겨울임을 알린다.

옷깃 여미고 나가면 귀가 시리다.
귀를 만지면 코가 시리다.

바람아, 바람아
넌 어디서 왔길래
겨울임을 알리느냐.

일산 신도시 어느 공장에서 일한다는 젊은이
어디서 왔느냐 물어보니
멀리 이집트에서 왔단다.

그는
'한국 겨울 엄청 추워요' 한다.

바싹 말라죽은 듯 서 있는 나무들 사이에서
까치가 울어댄다.
비둘기떼

말라붙은 울타리 나무 씨앗을 쪼아먹고 있다.
그들은 긴긴 겨울 어떻게 넘길까?

살얼음 밑 빨간 금붕어
꽁꽁 얼어붙은 겨울 준비하며

푸릇푸릇
새싹 움트는 봄을 그리워한다.

봄비 1

주룩주룩 주르륵
메마른 나무가 단비를 만나니
가재 뛰놀던 가재골 바닥이 보인다.
그리운 가재는 어디 갔을까?

삼천리금수강산 물 부족 국가
유엔에 등록했단다.

아! 옛날이 그리워라
그땐 개울물이 넘치고
기화요초 살아 움직였었는데…….

봄비가 온다.
아름다운 멜로디를 타고
꽃향기를 싣고

단비가 내리네
보슬비가 내리네
하늘에서 오랜만에 사랑의 향기를 뿌리네.

봄비2

봄비가 온 후
산도, 들도
꽃들도
사이다 향을 뿌린다.

파란 하늘
새하얀 솜털 구름
한 폭의 그림인 양

들에는
빨주노초파남보
미인대회 열리고

산에는
싸리꽃, 철쭉꽃
개나리도
아카시아도
청량한 향수를 뿌린다.

기다리던 봄

오매불망 기다림
경칩에 나온 개구리
얼어 죽겠네

숨바꼭질하던 얼굴
빼꼼 내밀며
향기 품은 봄 자태
살며시 보여주네

간밤에 내린 비에
떨고 있는 너

밤차로 온 너는
밀려오는 바람결에 향내 흩뿌리고
그리도 기다리던 선녀 같은 모습
활짝 웃으며 보여주네

늦가을

낙엽 뒹구는 오솔길에 서면
환희로 범벅된 가슴이 뛴다.

눈을 들면 정열의 하모니
발아래엔 황금 물결

세상의 모든 희로애락
옛사랑의 아픔까지 품고
익어가는 오곡백과

꼭꼭 감춰놓은 금은보화
아낌없이 다 내어주니
냇가의 오리떼 포동포동

내 마음도 포동포동
행복이 영글어 간다.

2부

3월이 되면

경칩 되어
동면하던 개구리 나왔건만
꽃샘추위 기승부리네

꽃처럼 아리따운 아이들
콜록콜록, 병원마다 줄 서는데
어른들도 방심하다 감기 또 왔네

오늘일까 내일일까
꽃망울 피길 기다리며
파릇파릇 봄나물 찾고 또 찾는데
3월이 저문 어느 날, 문득
활짝 피어났네
기다리고 기다리던 그 짧은 봄날이!

4월을 보내며

꽃은 지고 다시 피는데
한 번 진 그녀는 다시 오지 않고
4월이 또 흘러가네

꽃잎처럼 흩날리던 그들
광장의 함성
귓전을 떠나지 않네

활짝 핀 꽃들
무슨 죄가 있기에
그렇게 스러져 갔나?

해마다 4월은 다시 오고
현란한 꽃들 만개해 있건만
세월 흘러도
지난 흔적 지울 수 없네

4월이 저물어 가고
신은 인간들의 탐욕에 벌을 내리네
잊혀지지 않는 광장에

5월의 노래

날개 달린 봄 향기가
산 너머 물 건너서 온다.

개나리 진달래가 어깨동무하고
자운영이 너울너울 춤춘다.
나무는 노래하며 파란 물감으로 색칠하는데
개울물이 맞장구치며 합창한다.

사람이 꽃보다 아름다운 5월
산과 들에는
온통 사람이 꽃이 되어 피어난다.

그 어느 날엔
인형극, 팝핀 댄스로 어린이들 즐거워하고
어른들을 위한
어버이날, 부부의 날, 가정의 날도 있다.

5월이 오면, 봄의 노래가
온 세상을 초록빛으로 만들고
그 빛에 맞닿은 하늘조차 푸르다.
5월의 아름다움은
누구나 느낄 수 있지만
나는 그것을 두 배로 즐기며
행복의 휘파람을 불어본다.

6월이 오면

6월이 오면
그 처절한 피비린내 동족상잔의 흉터가 돋아난다.

전쟁 통에 큰아들 잃고
남의 집 며느리 된 큰딸 먼저 보내고
넋이 나간 어머니.

지나온 70년 세월 강토를 휩쓸고 간 상흔
아물 때 되었건만
아직도 병상에서 상처 어루만지는 할아버지.

세 아들 혼자 키운
인고의 세월을 회상하는 할머니

6월에는 목이 멘다.
세상은 천지가 개벽하고,
GDP순위 세계 12위 되었건만
아직도
남과 북이 전전긍긍 반목하니
언제가 되어야 참 평화 오려나?
아!

어찌 잊을쏘냐?
6월 25일을!

어찌 지켜야 하나?
자유민주주의를!

어찌 기억해야 할까?
호국 영웅들의 공로를!

2부

회상(回想)

흐르고 흘러도 멈추지 않는 눈물처럼
6월엔 가슴속에 대못이 박힌다

밤꽃, 아카시아 꽃
흐드러지게 피었는데
흐르고 또 흘러도 멈추지 않는 슬픔

강토가 피로 물들었던 6월
꽃들은 피다 쓰러진 쭉정이 되었다

구름이 머물고 가는 구월

시린 눈 지그시 감으니
소슬바람 오감을 적시는데
대장간 끓던 더위 언제인 듯
가을 익어가는 소리 귓가에 맴돈다.

오월에는 풋풋한 소녀처럼
구월 되니 해맑은 청년 되어
연인처럼 스킨십 하는 가을바람에
나무들의 숨소리 향기롭다.

구름이 머물고 가는 구월엔
하얗게 표백된 청량한 공기
뿌리 깊은 나무들도 겨울을 예감한 듯
낙엽 떨굴 채비를 한다.

구름이 머물고 가는 구월이 되면
온 세상 파랗게 물감 칠한 초목들은
먼 길 떠난 조상님들 생각에 눈물 짓고
익어가는 열매 여물게 한다.

시월

땅이 춤을 춘다.
자신이 내어준 몸을 빌려
만물의 결실을 축복한다.

바람이 분다.
폐부 깊숙이 스며
온몸을 한 바퀴 돌고 돌아
죽은 세포를 살린다.

나무가 이야기한다. 잎을 떨구며
이제 난 당신 곁을 떠나
겨울잠을 준비해야 한다고

익은 가을을 안고 파도가 친다.
어제도 또 내일도 변함없이
거센 밤바다는 휘몰아친다.

끼룩끼룩 철새가 울며 간다.
가을과 겨울 사이로
꽃과 꽃이 경쟁하듯 노래한다.
따사로운 햇볕 사이로

숨을 쉰다는 건 살아있음이다.
나날의 즐거움이다.

시월이기에 다가오는
상쾌함이요
행복함이다.

그것은 삶이 노래하는
환희요
행진곡이다.

11월에

가을비 잦아드니 어느덧 상강(霜降) 지나
바람결 휘익휘익 갈대를 휘젓는다.

국화는 여전한데 어느덧 입동(立冬)이라
바람이 스친 자리 오색 물감 색칠하네

꽃비가 달빛에 우수수 떨어져도
교목들은 백야청청 푸르기만 하고
자유로의 불빛은 여전히 휘황하구나

잡초야 !
꽃들아 !
뒹구는 낙엽아!

어둠 참고 고독 넘어
새싹 돋는 그날
다시 만나자꾸나

12월을 보내는 마음

밤이 되면 낮을 회상하고
내일을 기약하며 명상에 잠기는 날들
오늘도 창가에 앉아 멀리 자유로의 불빛을 본다.

똑 똑 똑
발소리 멀어져 가는 12월엔
지난 한 해 뭘 하며 보냈는가 더듬어 보지만
딱히 손에 잡히지 않는다.

어느덧 중국어 교재 여섯 권
고등학생 손자
"할아버지, 중국어 배워 어디에 써먹어요?" 한다.
그러나 난 다가오는 정유년 새해
또 뭔가를 하겠다고 벼른다.

앙상한 나무숲 사이 걸으며
12월엔 왜 그리 바쁜가 하고
탁상용 카렌다 스케줄 확인하는데
부질없는 송년회 많기만 하다.

복지관 방학은 언제예요?

긴 긴 겨울 뭘하며 지내세요?
하고 묻는다면

세상은 시끄러워도 할 일은 만들기 나름이에요.
하루하루를 잘 보내야 해요.
새해에는 웰빙댄스 배울 거예요.
하고 대답한다.

예전부터 항상 그래왔지만
12월엔 그럴듯하게 보내고 싶어요.
춥다고 실내에만 있지 마세요.
햇빛이 어깨동무하는 찬란한 오후가 있잖아요.
땀나게 걸어보세요.

마음에 담아둔 미운 사람 있거들랑 잊어버려요.
한 해의 상처도 날려 보내세요.
12월엔 지난 한 해 언짢은 일들 다 떠나보내고
그리운 사람에게 전화하세요.

용서하고 용서받는 삶
사랑은 참음임을 알게 하소서, 기도하며
똑 똑 똑
하이힐 소리 멀어지는 12월엔
신나는 새해 맞을 준비 해야겠어요.

한 해를 보내며

떠오르는 붉은 해를 바라보며
희망을 노래하고 다짐한 지 열두 달
또 한 해가 저물어간다.

우여곡절 슬펐던 일, 기뻤던 일
전전긍긍, 고뇌하며 보내던 시간

봄 여름 가을 겨울
자연의 섭리는 어김없건만
코로나 19로 덧없이 흘러갔다.

겨울 지나
새싹 돋는 봄이 오길 기다리며
인생의 긴 여정
어려움을 주심에도 희망 잃지 않은 한 해.

지금의 내 자리가 무르익은 열매라고 위안하고
붉게 물든 아름다운 낙조를 바라보며
밝아오는 새해에도
더욱 잘 살아내겠다고 다짐해 본다.

정유년을 보내면서 올리는 기도

세상을 창조하신 하느님!
즐거울 때나 괴로울 때나
서로를 위하여 기도드릴 수 있음에 감사드립니다.

친구가 있어 행복했고,
가족의 화합이 즐거움의 원천이었으며,
이 풍진 세상에서
마음껏 웃음 웃을 수 있음에 감사드립니다.

태양의 운행에 감사하고,
바람에 흔들리는 나무를 보고 기쁨을 느낍니다.
옹졸하고 화를 잘 내고
의심과 소심에서 벗어나지 못했음을 용서하소서!
마음의 때와 허영과 교만을 뿌리 뽑게 하여주시고
서로 미워하지 않게 하소서!

우리 모두가 불의에 물들지 않으며
매일매일 화해와 용서, 희생과 봉사하는 삶을 살게 하소서!
그리하여 건강과 사랑이 항상 함께하여
천국이 지상에서 이루어지는, 그런 세상 되게 하소서!
아멘 !

그리운 시절

맑은 물에서 가재 잡던 시절. 그립다.

흐르는 물
손으로 떠먹던 그 시절. 그립다.

황금빛 은어 뛰놀던 모습. 보고 싶다.

맑은 물에
휘영청 밝은 달이 빠져 있는 날이면
그 달 건지려 풍덩 빠졌었지.
물장구치고 놀았었지.

맑은 물을 물지게로 지고 와서
쇠죽 끓이고 목욕물도 데웠던 그 시절! 가고 싶다.

맑은 물 흐르는 둑방 밑에
돌과 흙으로 물 가두고 바가지로 퍼내면
메기, 빠가사리가 금세 한 양푼.
그날은 메기 매운탕으로 포식했었지.

그 겨울이 또 오네

저만치에 불타는 가을이 가고
가슴 쓰려 오는 그 겨울이 오고 있는데
금호강은 변함없이 흐르네

잊혀지지 않는 그 겨울의 추억들
처음 다가온 사랑의 물줄기가
언제쯤 바다에 닿을 수 있을까 생각했네

붉게 타올랐다 스러지는
석모도 일몰보다 더 멀고 깊은
메마른 진통과 사랑도 함께

이제는
바닷속으로 잠겨가고 있네

단풍잎 떨어질 때

오색단풍 떨어진 자리
새싹 돋우며
파란 꽃 피우던 시절

하늘 가장자리
오색 무지개 떠오르면
아름다운 꿈 펼쳤지

세파(世波)에 시달리며
고난, 슬픔, 기쁨까지도
붉디붉은 천연색으로 치장(治粧)하고

생로병사 이치 따라
흙으로 돌아가
부운(浮雲)처럼 스러져 간다.

눈이 비처럼 쏟아지는 날

눈이 비처럼 쏟아지는 날이면
잊혀졌던 그녀가 생각난다.

눈이 무릎을 덮던 어린 시절
장작개비 두어 개 짊어지고 학교 가던 날 생각난다.

온 천지가 백설로 뒤덮이던 펀치 볼에서
옥수숫대 무덤 속에 불 지펴 손 녹이던
기동훈련 시절 생각난다.

베란다에 어느덧 철쭉 피고 있는데
우수에 맞춰 눈이 날린다.
창을 열고 세차게 쏟아지는 눈발을 맞는다.

바람에 날리는 눈꽃 속에서
봄이 익고 있다.

눈이 비처럼 쏟아지는 날이면
우산을 쓰고
그녀와 함께 눈꽃을 맞고 싶다.

눈꽃이 피면

눈꽃이 피었어요.
나비처럼 날아오네요.

눈꽃이 피는 날이면 어머니 생각나지요.
눈이 펑펑 쏟아지던 그 겨울 추억 때문이지요.

눈꽃이 나뭇가지에 피어납니다.
지상의 온갖 것 덮어 주네요.
세상의 더러움 감추고 싶은 게지요.

눈꽃이 온 세상을 뒤덮던 그날
동네 어귀 느티나무 아래서
우리 또 언제 만나지?
아쉬워하며
가슴속 텅 빈 듯
작별했지요.

3부

할머니의 길

무자치(뱀)처럼 꼬불대는 풀숲길 따라
개구리도 올챙이도 반기고, 멀리 오두막 보일 때
쪼르르 바둑이 마중한다.

친구와 밤 그림자 밟으며 돌아오면은
가는 목 길게 뺀 느티나무처럼 우두커니 서 계시던 할머니
"늬, 잘 다녀오나?" "이젠 나오지 마세요"
"애야, 난 고마 괜찮다. 늬는?"
언제나 개근생이셨던 할머니

진달래꽃 만개해
그 물빛 하늘가에 닿는 어느 날
황금 마차 타고 먼 길 떠나셨지

뚝뚝 눈물 떨구며 그리움에 지쳐버린 느티나무 옆에서 또렷이
들려오는 할머니 음성!
"애야, 난 고마 괜찮다. 늬도 정말 다 괜찮은 거제?"

난 지금도 쓴 울음을 크게 삼키며
할머니 손잡고 토닥토닥
그 오솔길 걷고 있다네

어머니1

시작도 끝도
시간도 공간도 없는 먼 수평선 같은,
측량할 수 없는 광대무변 우주 같은
그것이
어머니의 사랑인 것을……

나라의 아픔도
천재지변 슬픔도
전쟁의 참혹함도
초근목피의 삶도
엄동설한 북풍한설 층층시하 시집살이도
담담히 감당하신
그것이
어머니인 것을……

병아리 떼 자식들 의식주 걱정에
밤새우며 길쌈 물레 돌리시고
전쟁 통에 먼저 보낸 아들 생각에
은하수처럼 흩어진 딸들 생각에 잠 못 이루는
그것이
어머니의 가슴앓이였다는 것을……
세월이 흐르고 철이 들어서야
밤하늘 별빛 같은 고독
어머니의 마음을 알게 되었음을……

어머니2

삼 년 만에 찾아뵙는 성묘길
참 반가웠어요, 어머니
꽃단장 잘하여 참 예뻤어요.

살아생전 효 못하고
먼 길 가신 후에도 자주 뵙지 못하네요

어머니 뵈옵고자 오는 길
그리 멀지 않다 생각했건만, 참 먼 길이었어요.
저도 이제 백발이에요, 어머니!

오가는 길 수려한 첩첩산중
산천은 의구한데 세상은 많이 변했어요.
제 나이 더 들기 전 그 추억 깃든 어머니 혼적
자세히 둘러보고 싶어요.

어머니!
가만히 눈감고 불러보면 왜 가슴이 울렁거리나요?
언젠가 저 높은 피안의 세상에서 만나요.
편히 계세요 어머니! 또 올게요.

아버지

무거운 짐 짊어지고 묵묵히 걸어가는
그 그림자, 그립다.

밤이면 끙끙 앓는 소리 내시던 아버지
엎드려 있는 등 위에 올라 자근자근 밟아 안마해 드리던
그 추억, 그립다.

말없이 그 많은 농사일 혼자 하신 아버지
자식 많아도 도움되지 못한 자식들
아버지 가신 날보다 훨씬 많은 나이 든 아들들

이제야
효 못한 그 한 품고 뉘우친다.

죄송합니다.
감사합니다.
사람답게 살게요. 아버지!

아내의 날

오래전
지금은 생사를 알 수 없는 어느 지인이
온통 아내 생각으로 가득한
'아내의 날'이란 시집을 나에게 선물했었다.

내가
병고에 시달리다 고통 속에 가신 분을 생각하며
아내가 가신 날이냐고 묻자
그는 '아내 생전의 생일날'이라고 대답했다.

오늘
나도 그분같이
아내 생일날을 '아내의 날'로 정하기로 했다.

은총의 하느님께서
건강하고 알뜰한 아내를 주셨음에
매일 감사하며
목소리 커져가면 어때, 아직은 힘이 남아있어 그런 걸,
남성화되어 가면 어떤가, 나이 들면 다 그렇게 된다는 걸…
허리 치수 늘어나면 어때
이 모든 것 삶의 은총이라 감사해야지

먼 훗날
그녀 훌쩍 떠나버린 후
'아내의 날'이 오면
오늘처럼
망고 케이크에 촛불 켜고
내 사랑하는 사람들 초청하리라

오늘
삼복 중 말복이 내일, 모레, 글피
산천도 초목도 숨죽이며
온 세상이 녹아내리는데

나는
그녀 위해
내 남은 사랑의 찌꺼기를
장미꽃 송이 한 묶음에
묶어 보낸다.

장미꽃 당신

처음 만난 그날
활짝 핀 장미 한 송이 보았네

세월 흘러
어여쁜 새싹들 다투어 자라나고
새 생명들은 종달새처럼
하늘 높이 날아올랐지

장미꽃 당신
그 꽃향기 가지가지마다 피어나
시들지 않는
늘 푸른 나무 되어 있었네

흐르는 물은
들을 지나 산을 넘어
어언 50년
강이 되고 바다 되어
모여 있었지

부부
그 이름

지팡이 되어
가정이라는 울타리 안에서 피어나고

실없는 농담 받아주며
차 한 잔 놓고
눈 마주치며 웃을 수 있는 당신
그 꽃이 장미꽃 당신이라네

아들과 딸에게 1

한때는 가슴 아팠던 적 있었어
나를 비춘 그림자가 잘 보이지 않아서

때로는 화가 날 때도 있었어
내가 비친 거울에 네가 언뜻언뜻 보였기에

지금은 아니지만, 그때는 그게 아니었어
내가 나에게 화를 낸다는 게…
지나온 길을 바라보는 사람은 슬퍼
가야 할 길이 많은데

너를 만나면 마냥 즐거워
무사히 잘 커 줘서, 콩나물같이

자주 보고 싶기도 해
이제 나도 고목(古木)이 되었나 봐
욕심도, 바라는 것도 없어졌어
그저 있는 그대로의 지금이 좋아

창밖의 저 구름 좀 봐
평화로운 한 폭의 그림이잖아

상선약수(上善若水) 인생은 흐르는 물처럼
청탁(淸濁)도 끌어안고 장애물도 비켜 가야 해

명(命)은 어쩔 수 없다지만
운(運)은 그게 아니야, 만들어 가는 거야

아들아!
남자로서, 가장으로서 품위 잃지 마
모든 책임은 너한테 있는 거야

딸아!
여성으로서, 엄마로서 매력 잃지 마
항상 남편을 존중해야 대우받는 거 잊지 마

아들아, 딸아!
바다에 닿기 전의 강에는 여울이 있는 법이야
흔들리지 마
농사꾼이 추수를 바라며 땀 흘리듯 꿈을 갖고 살아

인생은 시위 떠난 화살처럼
그렇게 빨리 가는 거야
시간 허비하지 마

자, 우리 모두 힘내자!
열심히 노력하면 좋은 일이 꼭 생길 거야

너에게
또,
나에게

아들과 딸에게 2

나는 세상에서 가장 운 좋은 사람이야
멋진 아내, 아들딸 손주까지 있으니
몹쓸 병, 고통 없이, 전장에서도 살아남았어

어제는 지나갔어
오늘, 또 새로 시작하는 거야
아침에 눈을 떠서 창밖의 새소리를 듣는 것
창문을 비추는 햇살을 피부로 느끼는 것에 감사하며

산다는 것은 누군가와 마음을 나누는 것
살아오면서 내 등의 짐이 없었다면
내가 지금처럼 성숙했을까를 생각하게 돼

어느 시인은 말했지
나도 괴로운 일 많았지만 살아있어 좋았어 라고
또 삶이 무어냐고 물어보면
가꿀수록 아름답고 살아갈수록 애착이 간다고

아들아, 딸아
일생을 마친 뒤 남는 것은
네가 받은 것이 아니라 네가 뿌린 씨앗임을 잊지 마.

다른 사람을 위해 등불을 켜면 네 앞도 환해진다는 것을

찾아라, 그러면 보일 것이고
두드려라, 그러면 열릴 것이다.
신은 구하는 사람에게 모두 준다고 했어.

자!
우리 모두
힘내자!

보면 볼수록 예뻐라

하늘을 올려다본다.
땅을 내려다본다.
우주 만물의 근원을 생각해 본다.

태초에 하느님이 인간을 만드실 때 사랑으로 만드셨다.
흙으로 빚을 때 사랑을 버무렸다.

가정은 우주의 주춧돌
남과 여가 가정을 이룰 때
사랑이 아교풀처럼 끈끈했다.

누가 꽃이 아름답다고 했는가!
그 꽃들보다 더 아름답게 꽃 피우고 있는 어린 천사들

보면 볼수록 예쁘고
주면 줄수록 예뻐지는 것

그들은 친구도 되고 말동무도 된다.
사랑을 품으면 마음에 행복의 꽃이 핀다.

사랑이 없다면 앙꼬 없는 찐빵

아무리 말하고 또 말해도 부족하다.

사랑,
사랑,
사랑!
가족 사랑!

벼 이삭

벼꽃이 피어
점점 생기 돋고 파란색 물이 오를 때면
어머니는 늘 푸른 나무였다

벼 이삭이 고개 숙이고
온 들판이
황금 물결로 뒤덮여 바람결에 흔들릴 때면
동구 밖에서 할머니가 활짝 웃으시며
알사탕 가지고 오신다
할머니는 커다란 고목이었다

황량한 들판에 갈가마귀 떼
무리지어 벼 이삭을 쪼고 있는데
아버지가 이삭을 줍고 계신다

"아버지, 갈가마귀도 먹고 살아야지요"
내가 말할라치면, 아버지는
"갈가마귀보다 사람이 더 중하지, 한 톨이라도 아껴야지" 하신다.

나도 아버지 따라 벼 이삭을 줍는다

어느새 벼 이삭은
한 광주리 다 찼다

아!
벼 이삭은
또 다른 생명이었다.

젖은 낙엽을 밟으며

아침 출근길에 셈할 수 없는 돈을 보았다.
비단포처럼 깔린 젖은 낙엽들
그것이 왜 돈으로 보일까?

간밤에 하늘에서 꽃부리 닮은 돈이 떨어졌다.
그것들은 오방색을 닮아있었다.
오방색은 건강과 화평을 상징한다지…
오방색 닮은 돈은 처음 보았다.

겨울이 오나 보다.
젖은 낙엽을 닮고 싶은 건 웬일일까?
나도 그렇게 아름다움 주며 가고 싶다.

그 시절 그리워

가슴 떨리던
줄 서서 몇 시간 기다려
기차표 사던 시절

뿔뿔이 흩어진 가족들이
이산가족 상봉하듯 얼싸안는 그날

이야기보따리
밤이 새는 줄 모르고
또 헤어져야 할 슬픈 추억들

아버지, 어머니 얼굴
고향에서 만났던 친구 얼굴
지금, 이 세상에 없지만
지워지지 않는 얼굴들

살아간다는 것은
만남과 헤어짐의 연결고리

우리도 언젠가는 헤어지겠지만
시공을 넘어
그때 그 시절 그리워

만추의 천년고도

저물어가는 늦가을
백제의 흔적 찾아 공산성 성곽 올라보니
옛 성터 허물어져 있고

오십육억 칠천만 년 후
환생 기다리는 은진 미륵불
세월 흐름 못 이겨 수선 중에 있구나

부소산성 고란사에 올라 종 울리며 소원 빌고
낙화암 정상 백화정에서 백마강 달밤 합창하니
의자왕, 삼천궁녀 원혼이 처연하다

황포돛배 유유히 강 따라 흐르는데
아! 700년 백제 그 허망함이
석양에 타는 놀처럼 처연하구나

점점이 물들어 가는 팔십 인생
검은 머리 백발로 변하여도
산천은 의구한데 인걸은 간데없고
만산홍엽이로다
나는 오늘
부소산 정상에 올라
허허 탄식,

백제의 만추를 걸으며
깊게 물들어 바람에 흩날리는
저 낙엽 같은 삶을 반추하며
슬픔에 젖어
한탄하노라

복(福)

복이 어디 있나요?
주지도 받지도 않는 삶에서

먼저, 주는 삶으로 인생을 바꾸십시오.
하늘에서 복이 찬란한 별처럼 쏟아질 것입니다

행복은 만족과 기쁨을 느끼는 것
그것은
먼저 미소 짓고, 감사하고.
나누고 또 사랑할 때 슬며시 다가옵니다.

복을 주세요, 하고 빌지 마세요.
배려하는 마음을 주시고,
빵 한 조각 나눌 수 있는 능력을 주십시오 하고 기도하세요.
그리고 행(行)하십시오.

어느새,
복주머니에
복이 가득 차오르는 것을 느낄 것입니다.

운명1
(1960년 4월)

푸르른 잎새 사이 밝게 핀 꽃
국화꽃 스러지듯 그녀는 갔다.

온 세상 먹구름으로 뒤덮였고
불의는 정의를 억압하고
회색 가루는 우리를 질식시켰다.

여명이 오기 전 깜깜한 어둠처럼
용수철 튀어 오르기 직전 같은 긴장감…
학생들은 광장을 메우고
그 함성은 하늘가에 닿았다.
그 누군들 멈출 수는 없었다.
이심전심 모두가 한마음이었다.

아! 붉게 물들던 그 거리에서
꽃들은 채 피기도 전에
그렇게 스러져 갔다.

세상은 뒤바뀌고 그들은 가고
나는 남았다.
그것은 운명이었다.

운명2
(1963년 5월)

그는 가고
나는 남았다.

같은 침상에서 동고동락하던 병사가 탱크에 깔렸다.
또 한 친구는 강으로 추락했다.
난간 없는 다리에서

우리는 천리행군 중이었다.
나는 돌아왔고
그는 갔다. 저 멀리.

1,800도 화염 속에서 불타던 그들을 보내며
흐트러져 날리는 한 줌의 재와 하얀 뼈를 추렸다.
모닥불에 실려가는 한 가닥 연기를 생각했다.

아! 흩날리는 꽃잎과 대체 무엇이 다르랴!
그것은 한낱 스러져가는 회색빛 뜬구름
그들을 보내며 나에게는 슬픔과 눈물이 메말랐다.

그들이 가고 없는 이 거리에서
나는 허물어져 가는 육체와 마음의 근육을 키우며

아직 희희낙락
키케로를 이야기하고 있다.

그것은
또 다른 운명이었다.

운명3

(1969년 9월)

찰나의 운행을 점치지 못하는 그들
인간과 동물의 차이란 무엇인가!
스스로 자신의 명운을 모르기는 마찬가지.

치탄 삼거리 이동 중의 찝차에 쏟아지는 총탄
한발 앞서 기습당한 미군들이 고랑에 엎드려있다.

내가 탄 차에는 몇 개의 구멍이 나고
사람에게는 구멍이 나지 않았다.

하늘이 나를 살린 건
'사람 구실 하며 살아라' 라는 명령이었다.

건너 숲을 향한 포탄소리
사격하며 이동하는 아군 병력
그들은 두 명의 사체를 남기고 도주했다.
적의 시체도 인간의 사체였다.

한 치 앞을 내다볼 수 없는 존재
운명은 도처에 깔려
예상할 수 없었다.

운명을 바꾼다는 것

지천명(知天命)에 바꾼 이름
세형(世馨) 장형찬(張馨儧)

하늘이 기울고 땅이 꺼지는 아픔에
인간을 증오하고
하늘조차 원망했건만
돌아오는 건 한숨뿐이었네

밝은 태양 구름에 가려지고
보름달조차 이지러지는데
안개 낀 도시 뒷골목
가로등은 어둠에 묻혀있었네

깊고 질긴 그날!
밤 언제 새려나?
개명(改名)한 이름 사용하면
동트는 새벽 올까?

회색빛 터널
길기도 하고
골목골목마다

잿빛 운무(雲霧)로 뒤덮인 그 도시

실패는 성공의 반,
쓰디쓴 인내만이 힘의 원천
어둠 지나면 새벽 오듯 대낮의 빛 찬미하니
무지개색 저녁노을 아름답고
깜깜한 밤이 와도
찬란한 아침이 기다려지네

아! 이제는
트럼펫 행진곡에 희망을 노래하고
어둡던 항구에 밝은 불빛 비치니

어차피 한번 세상
영혼을 불태우며
운명이란
스스로 개척(開拓)하는 것이라네!

4부

산을 오른다1

하늘 가까이에
나무는 물소리 새소리와 합창하고
계절의 흐름은 칠색조처럼 얼굴 바꾼다.
꽃들이 노래하다 낙엽 떨구고
태백산 주목은 하얗게 덧칠하며 휘파람 분다.

하늘 가까이에서
한 발 한 발 내디디며
명예도 욕심도 부질없다 깨우치고
신에게 비는 마음
원망 내려놓고
희망 가득 담아
낙수처럼 아래로 흘러온다.

산을 오른다2

산을 오른다2

바람 소리에도
나무는 외롭지 않다.

온갖 더러움 피해
조금 더, 조금 더
가까이 간다.

잊고 싶어, 용서하고 싶어
새벽을 깨고 어둠을 갈라
길섶에 선다.

비에 젖어 내린다.
햇빛 되어 내린다.

오만함 벗어던지고
무거운 짐 벗어놓고
희망 담아 내려온다.

산을 오른다3

새벽 닭
울음 깨고 길섶 이슬 적시며
어둠 껴안는 너

나무들
잠에서 깨어 기지개 켤 때
생명의 고동 들으며
희망의 숨을 고른다.

산등성이
어깨 짚어 내 등 슬며시 밀어주며
'괜찮아 ! 괜찮아 !' 한다.

산새들의 노랫소리
내 안에서 피어날 때
젖은 옷깃 말리며
질긴 상처 쓰다듬고
희망 한가득 담고 내려온다.

밤안개

껴안은 어둠으로
온 세상 뒤덮은 너
강에서 오면서 강은 보이지 않네.

전나무 숲 사이로
빨간 지붕 조금조금 보여주며
움직임조차 없는 너는
세상의 모든 추(醜)함
감추려 한다.

동틀 무렵
칠흙 같은 어둠 뚫고
살금살금 움직이던 너

새파란 강물도
검정, 회색, 자주색 얼룩말도
안개 커튼 사이로
잠깐잠깐 보여주던 너는

이제
눈이 시린 노을빛과 어깨동무하고

영혼을 훔치는 아름다움으로
생의 마지막을 장식하려는구나!

-노르웨이 야일로에서-

물안개

눈을 떴다.
다섯 시 삼십 분.
창문을 여는 순간
구름 낀 하늘과 낮은 산 능선이
부드럽게 펼쳐져 있다.

그 아래 강에서 피어오르는 물안개
강은 보이지 않는다.
어제의 피로가 싹 가신다.

강가의 나무숲에 이어
빨간색 뾰족지붕의 집들이
잔디가 잘 다듬어진 상태로 균형 맞추어 서 있다.

물안개를 눈이 시리도록 본다.
쉽게 걷힐 것 같지 않다.

아! 이 아름다운 환상의 풍광을
또 언제 만날 수 있을 것인가!

나는,

물안개가 걷힐 때까지
창가에서 바라만 보고 있다.
난생 처음 보는 이 경광을…

움직임이 없는 물안개
사람의 혼을 빼어 가고도 남는
연기처럼 대지를 감싸고 있는 안개

짧은 순간
물안개는 빠른 속도로 걷히고 있다.

어느덧
말들이 풀을 뜯고 있는 모습이 드러난다.
나무도, 강도 드러나기 시작한다.
검정, 회색, 자주색 얼룩말.
모두 네 마리.
말 한 마리와 함께 뜀박질하는 미모의 아가씨도 보인다.

나는 밖으로 나가
멀리 동쪽에서 떠오르는 해를 바라보고
안개가 흘러가는 모습을 본다.
아직도 강은 그 모습을 완전히 드러내지 않고 있다.
언젠가 갈릴리 호수의 일출 광경을 바라보던 그때처럼
이곳 야일로의 마지막 날 아침
물안개 피어나는 모습도 떠오르겠지

아침 식사 후 8시 10분
물안개는 거의 다 걷혔다.

드디어
강과 섬들이 뚜렷이 나타난다.
세상은 제 모습을 찾은 듯하다.

어울림 텃밭에 서서

익은 봄을 맞아 천방지축 돌아다녔다.
여의도 봄꽃 축제에도,
검단의 장인 · 장모님 산소에도,
인사동 길에도, 창경원에도,
가는 곳마다
꽃은 피어 있었다.

개나리꽃, 벚꽃, 조팝나무 꽃.
몽우리를 조금씩 벌리고 있는 철쭉꽃,
이름을 잘 모르는 꽃, 꽃들…

오늘은 어울림 텃밭에 서 있다.
그곳에서 생명의 고동, 가녀린 숨소리를 들었다.

흙을 고르고, 골을 만들고, 퇴비 뿌리고,
씨를 뿌린 지 2주일.
새싹이 돋아난다.
상추, 쑥갓, 시금치, 부추, 강낭콩까지.

모종한 생명은
벌써 많이 큰 키를 자랑한다.

물주기가 끝나자 간판을 달았다.
행복한 인생, 8도, 제비꽃, 9름, 파란 하늘, 뽀드,
밀짚모자, 강유사, 부평초…

밭고랑 끝에 세운 간판에
저마다의 얼굴이 그려져 있다.

오늘
텃밭에 서서 돋아나는 새싹을 보며
인간은 자연을 보고 배워야 한다고,
그래야 한다고,
매일매일을 초심으로 돌아가야 한다고,
그런 축복의 하루하루가 되어야 한다고…

그대를 기다리며1

꽃은 피어도 빛을 잃고
해 질 녘 석양마저
어둠 속으로 몰래 사라진다

달이 기울고 썰물이 빠져나간 황량한 갯벌에 서서
그 뜨겁던 사랑도 식고
내 육신은 자꾸만 메말라 가는데

하루가, 일주일이, 또 한 달이
덧없이 흘러가며
온몸은 힘에 부치어
잠 속으로 빠져든다.

코로나 19
너는 언제까지 우리 곁에 있고 싶으냐?

거센 폭풍우 휘몰아쳐 온 후 맑게 갠 하늘처럼
내가 그토록 사랑하던 석양 아래
황금빛 옷 입고 빛나던 그대를
다시 만나고 싶다.

그대를 기다리며2

하루해가 저물어
석양마저 그 빛을 거두어도
그대, 슬퍼하지 말아요.

삭막한 겨울바람 가고
산들거리는 봄바람 더디 오더라도
그대, 슬퍼하지 말아요.

온 세상이 코로나 19로 뒤덮여
숨죽이며 멈춰 있더라도
그대, 슬퍼하지 말아요.

사랑은
살며시 다가와
그대 향해 미소 지을 거예요.

삶은
가끔 우리에게 두려움 주지만
나, 그대에게 희망 주려고
여기 그대로 있을 거예요.
내 모든 것

그대에게 드릴게요.
그대, 어디에 있든, 무엇을 하든,

슬픔도, 두려움도
때가 되면
다 지나갈 거예요.
그대를 기다릴게요.

인생은 나무처럼

나무는
바다를 만났다.
수평선 저쪽,
그곳은 어떤 세상일까?
그곳에도 울음 우는 나무 있을까?

나무는
비바람에도, 태풍에도 울지 않았다.
다만 흔들릴 뿐이었다.
강고한 뿌리로 버티고
명예도 돈도 욕망도 내려놓았다.

나무는
서 있어서 행복했다.
묵묵히 작은 마디마디에 잎새 무성히 달고
그늘 주고 환호성 올렸다.

세월 흘러 나무는
썩은 가지 잘라내고 잎 떨어뜨려
깊고 깊은 잠 속에 빠져들었다.
이제 나무는

울음 그치고 온몸 다 내놓아
나를 불살라달라고
밑동까지 잘라주었다.

그는 죽어서도
'나무'라는 이름으로 불렸다.

설빔

명주실 올곧게 뽑아 손으로 누비어
곱디곱게 무늬 넣고 보니
문익점의 목화 꽃이 환생한 듯
눈보라, 동장군도 아랑곳하지 않는다.

할머니의 할머니로부터 어머니에게 이어져
학교에서 돌아오면 물레질하던 어머니
잠자다 깨어보면 언제나 물레질하고 있었다.

무채색 아름다운 솜이불 같은 설빔은
어머니의 정성과 땀과 사랑의 결정체였는데
세월 흘러 요즈음
손자 녀석의 휘황찬란한 설빔을 보노라니
선조들의 오방색 예술감이 환생한 것 같구나.

이제 나는
망각의 옛 추억 속에서만 설빔 차려입고
자치기, 윷놀이 회상하는 옛사람이 되었구나!

서설(瑞雪)이 내리던 날

우수(雨水)와 경칩(驚蟄)의 중간 어느 날
하늘에서 상서(祥瑞)로운 목화가루를 뿌린다.
천정(天頂)에 구멍이 난 듯 펑펑 쏟아붓는다.

난로 불빛은 휘황(輝煌)한데
전나무 가지마다 눈꽃 피고
바람 따라 눈꽃이 춤을 추며
온 세상의 더러움 감추려 한다.

어느덧 6·25전쟁 이야기에
동동주 항아리 바닥나고
시도 때도 없는 흥겨움에 노랫가락 나온다.

서설이 내리던 날
우리는 환호하며
우정이 눈처럼 하얗게 쌓였다.

모두 동심의 세계로 돌아가
이야기보따리는 눈송이를 타고
실타래처럼 풀린다.
사람이 동동주를 마시더니

이젠 동동주가 사람을 마시네
눈송이도 사람과 흥에 어우러져
술에 취한 듯 비틀거린다.

서설(瑞雪)이 내리던 날
그 술은 마침내 사람을
어린아이처럼 들뜨게 한다.

밤의 적막 속에서

어둠을 밝혀주는 밤바다
공항으로 가는 가로등 숲
밤의 적막은 휘황하다.

지축을 흔드는 낮이 가고
온 세상 조용히 을씨년스런 잠자는 도시
언젠가 보았던 용유도 초승달 생각에
잠 못 이루는 이 밤

발아래 가로등 마로니에
방황하는 그림자
그는 나그네인가, 어릿광대인가!
연신 담배 빼 물고 커피 홀짝인다.

아파트 숲과 어우러진
키 큰 나무들의 정숙함
그들은 밤을 즐기고 있는가!

차가운 밤 공기
내 벗은 팔뚝 오싹하게 하는데
멀리 고향으로 떠난 내 마음에도
으스스
밤의 적막이 밀려온다.

나이테

천 년을 사는 은행나무
나이테 천 개를 어떻게 새길까?
수천 년을 사는 보리슬콘 소나무*
백 년이 이제 시작일 뿐이다.

슬픔 절망 증오가 없다면
나이테는 생기지 않을까?

나는 가시나무 숲길도
불 꺼진 깜깜한 터널도 지나왔다.
햇살 반짝반짝 비추는 어느 날
정신 차리고 보니 나이테 80개

가을걷이 수확 후 볏가리 수북 쌓아
희망과 환희 노래하는
풍성한 영혼의 계절 다가와

추락하는 것과 비상하는 것을 위해
어제와 오늘, 또 내일을 위해
소멸하고 태어나는 모든 것들을 위하여

* 보리슬콘 소나무: 세계에서 가장 오래 산다는 미국의 소나무.

미친 빗방울

끝난 줄 알았는데
미친 빗방울
이리 뛰고 저리 뛰네

바람까지 몰고 와 지붕이 날아가네
흙더미가 쏟아지고
참새, 비둘기가 떠내려가네.

주야장천 내리네
미친 빗방울!

자동차도, 논밭도 떠내려가네.
집이 묻혔네.
사람이 많이 죽었네.

패 갈라 싸우고, 제 갈 길 못 찾고, 제 할 일 못하니
하늘에서 벌을 내리네
정신 차리라 하네!

전봇대

호롱불 들고 윗방 아랫방 다니던
호랑이 담배 먹던 시절
공사현장 지나며 왜 저럴까 했었는데
드디어 전봇대 위의 불이 온 마을을 밝혔다.

인천의 변두리 동네 허허벌판에 다가구 공사 계속하더니
어느덧 빈 땅 없는 마을 되었는데
어느 날 밤
언덕배기 모퉁이 골목 밝히던 전봇대 위의 불이 꺼졌다.
깜깜한 골목길
그제서야 그 고마움 알게 되었지.

떼고 나면 붙이고 또 붙이고, 더덕더덕 전봇대 위의 전쟁터.
'전세 있습니다.', '사글세 있습니다.',
'강아지를 찾습니다.', '등산복 폭탄세일 합니다.'
그리고 드물게
'사람을 찾습니다. 알려주신 분 사례합니다.'

전봇대가 없어지면
어디에다 붙일까!
내가 살던 동네

어느 날 공사하더니
전봇대가 모두 땅속으로 들어갔네.

그러나
인천 변두리 동네 전봇대 광고판
아직도 돈 안 주고
무료광고 계속하고 있네.

매미 소리

맴 ~맴 싸르르
맴 ~맴 싸르르르

여름과 함께 오고
여름과 함께 가는

바람에 실려
숲 속 나무 그늘에서

네가 없다면
여름이 없다면
그 쓸쓸함
그 적막함
어디에 놓을까

너는
맴~맴~맴 싸르르
나는
맴~맴~맴~맴 쓰르르르

5부

지금 하십시오

할 일을 미루지 마세요.
오늘은 맑지만 내일은 비가 올지도 모릅니다.

사랑의 말이 생각난다면 지금 하세요.
사랑하는 사람이 내일이면 떠날 수 있습니다.

용서를 미루지 마세요.
마음의 상처가 치유되지 않습니다.

지금 웃는 얼굴로 대하십시오.
당신이 주저하는 사이에 친구는 떠나갑니다.

친절한 말 한마디가 생각나거든 지금 하세요.
그들이 언제까지나 곁에 있지 않습니다.

미루지 말고 지금 당장 하십시오.
흘러간 물은 되돌아오지 않습니다.

산다는 것은

사람이 산다는 것은
바다를 항해하는 배

금방 집채만 한 파도에 휩싸일 것 같지만
고비를 넘기면 항구가 보인다.

참지 못할 일도
견디지 못할 일도
없고
가슴 졸이는 순간도
그 순간일 뿐

숨 막히는 일이 있어도
인내라는 언덕을 넘어야 한다.

무애 무욕의 축복받는 삶
웃음꽃이 피는 파라다이스
사막을 건너 오아시스까지
오직
전진할 뿐이다.

오른손

나는 네가 한 일들을 알고 있다.
아침에 눈을 뜨면 올곧게 앉아
십자가 상 앞에서 두 손 모아 성호 긋고 기도하였지.

하느님 아버지!
우리나라가 통일되게 하여 주시고
북녘의 생지옥에서 신음하는 동포들을 구원해 주시고 좌 편향
우 편향, 편 갈라 싸우는 것도, 빈부 갈등도, 노사 간 갈등도,
가족들 간의 상처도
화해의 눈물을 흘리게 하소서! 라고

나는 알고 있다.
매일 손바닥 100번 문지르고 박수 100번 치면
치매 안 걸린다고 한 말을.

음식 가리지 않고 소식하는 너.
등산할 때 지팡이 짚고,
바둑 둘 땐 바둑알도 네가 집었지.
성경책 매일 몇 장씩 넘기며 읽을 때,
감사 일기 쓸 때도,
친구 만나 악수하고,

손주들 오면 껴안고 등 쓰다듬어 주는 너.
텃밭에 가면 물 주고, 모종도 옮겨 심고,

아동복지회에 가면 어린이들에게,
경로당에 가면 노인들에게
손 꼭 잡아주며
용기와 위로의 말 건네는 너.

너에 대한 고마움
평생 잊지 않고 기억할게.

죽도록 사랑해!
나의 오른손

말(言語)이 된 찬바람

입에서 나오는 찬바람
매서운 한파보다 더 차다.

북극의 빙점에서 불어오는 찬바람
수천 년 냉동된 얼음을 관통해
사람이 뱉는 말이 되어 온몸을 얼린다.

초속 90m의 괴물이 된 찬바람은
살아 움직이는 한 마리 짐승이 된다.

찬바람이 불어온다.
비수보다 날카로운 독기를 품은 찬바람.
사람을 휴지처럼 구겨지게 한다.

아! 이제는
말이 되어 입에서 나오는 찬바람이
눈이 녹아내리는 따뜻한 바람 되었으면
사랑의 노래가 실려 오는 훈풍이었으면

우리 모두 한 몸 되어

붉은 해가 솟아오른다.
지축을 흔들며 청마가 뛰어오른다.
희망의 깃발을 펄럭이며
우리는 모두 한 마음이 된다.
해가 바뀔 때마다
나는 새로운 소망을 품는다.

빈부가 함께 하고
노사가 하나 되어
좌도 우도 없는
남북이 통일되는 꿈을 꾼다.

해가 바뀌고 또 바뀌어도
그때나 지금이나
나의 소망은 하나!

부자는 가난한 이웃을 생각하고
어른은 젊은이를 포용하고
보수와 진보는 가슴을 터놓고
남과 북은 화해의 손을 맞잡아
아! 만년을 이어온 배달민족

우리는 모두 같은 핏줄, 같은 조국
우린 모두 둘이 아닌 하나 되어

상전(桑田)이 벽해(碧海)되고
천지(天地)가 개벽(開闢)되어도
영원히! 영원히!
우리 모두
한 덩어리가 되자!

밑바탕

밑이 흔들리면 위가 위태로워
밑이 튼튼해야 바로 설 수 있지

높은 절벽 위의 소나무
세월 흘러 바위가 부서지면
송두리째 무너져

출세도 명예도
밑이 튼튼해야 넘어지지 않아

밑을 주의해!
밑을 잘못 디디면 인생이 통째로 망가져!

밑이 든든한 사람 밑을 소중히 여기는 사람
밑을 함부로 생각지 않는 사람

깊숙이 견고하게 뿌리박고
흔들림 없는 그런 사람
밑바탕이 튼튼한 그런 사람이 그립다.

우리말

누군가를 사랑하기 위해서는
내가 먼저 나를 사랑해야 하듯이
사랑하는 내 나라를 빛내기 위해서는
우리말을 갈고 닦아야 한다

나라가 있으면
나라말이 있어야 하듯이
우리에게는 독창적이고 과학적인
자랑스러운 한글이 있다.

우리가 내 나라를 사랑하듯이
우리말을 다듬고 아름답게 가꾸어
꺼지지 않는 등불처럼
영원히 빛이 나게 보존하리라 !

나는 허수아비

허수아비가 새를 쫓고 있을 때
새는 무서워했다.
허수아비가 새를 쫓지 못하게 되자
새는 두려워하지 않았다.

내 몸속에는 허수아비가 살고 있었다.
애당초 나는
내가 아닌 허수아비였다.
허수아비가 진짜 나인 줄 착각하며
평생을 살아왔다.

나 자신도 속이고,
아내도,
친구도,
나를 아는 모든 이들을 속이는 줄
자신도 몰랐다.

나는 자나 깨나 허수아비로 살았다.
허수아비는 허수아비일 뿐
진정한 '나'는 어디에도 없었다.
먹고 자고 놀고, 또 웃고 울고

잘난 체하고, 욕심부리며,
위선(僞善) 속에서
가짜가 진짜 행세하며
그렇게 살아왔다.

내 안의 허수아비야!
가라!

꿈속에서는 꿈이 삶이고
삶 속에서는 삶이 꿈이다.

내가 누구인지를 올곧게 알아
'참 나'를 찾고 싶다.

허수아비가 아닌
'진짜 나'로 살고 싶다.

죽음

무밭에서 무를 뽑다가
아직 뽑지 않은 건너편 밭을 바라본다.

죽음의 세계와 생명의 공간은 이어져 있는 것.
아주 작은 일에 집착하고
아주 작은 일로 원수 되어 싸우는 삶의 공간.

흘러간 물이 다시 오지 않는 것처럼
영원의 세계에서 잠을 자는 죽음의 공간.

죽음은 삶의 연속선.
죽음은 곧 삶의 연장이요,
삶은 곧 죽음으로 가는 이정표.

죽음은 영원한 미스터리.
한 조각 뜬구름 흐르다 가는 것.

그것은 순서도,
대신할 수도,
경험할 수도 없다.
벌거숭이로 왔다가 벌거숭이로 가는 죽음.

가장 큰 자유를 얻는 것.

이 세상 번뇌, 망상 다 짊어진 삶 속에서
가장 좋은 죽음이란
현재를 가장 잘 사는 것,

오직
지금 살아 숨 쉬는 이 순간에서
답을 찾는 것이다.

먼 길

참 멀고 먼 길이군요,
그곳 가는 길.

낙엽이 흐드러지게 날리던 날
건너지 못하는 강 사이에 두고
그토록 애절히 떠났던가요!

자식은 노후보험이 아니라더니
그렇게 훌쩍 먼 길 가 버렸소!

웃음 웃으며
산더미같이 덕 쌓으라 하시더니
빈 몸 홀연히 흘러가셨나요!

어차피 삶은 한갓 뜬구름 같은데
그곳 피안의 세상은 어떤가요?

우리 서로 싸우지 맙시다.
그렇게 쉽게 가는 길 놔두고
아옹다옹해서 뭘 어쩌자구요!
때가 되면

뭉게구름 스러지듯 가는 그 길.

나도
먼 길 갈 준비
잘하고 있소이다.

소리

맨 처음 세상에 나오면서 내는 울음소리.
그것은 기쁨이요, 즐거움이다.

사랑하는 어머니의 주검 앞에서
속으로 삼키는 울음소리.
그것은 슬픔의 극치(極致)이다.

찬 겨울밤의 문풍지 소리.
삐걱삐걱 삐그덕 대문 여는 소리.
늦은 밤,
아버지의 눈 밟고 오는 발걸음 소리.

동구 밖 개 짖는 소리
닭이 홰치는 소리
멀리 뒷산에서 들려오는 애잔한 늑대 울음소리.

조용히 흐르는 물소리.
격하게 내리치는 폭포수 소리.
파도치는 밤바다의 슬픈 노랫소리.

저 멀리서 끊어질 듯

실바람 타고 오는 피리 소리, 하모니카 소리.
가까이서 들리는 북소리, 꽹과리 소리.

봄이 오는 소리,
꽃이 피는 소리.
사랑을 속삭이는 소리.

소리는
경이롭고 신비하다!

약동하는 생명이고
살아 숨 쉬는 환희이다!

찬바람 속 복수초(福壽草)

어둠 속에서 싹 틔우고 동굴 속에서 생명 품고
밤낮없이 달려왔구나!

황량한 들판에 돋아나는 꽃 순 열두 개.
주먹 불끈 쥐고 눈구덩이 속을 뚫고 나온 모습.
무슨 급한 전갈(傳喝)을 품고 있는 듯.

밤에는 잠자는 듯 입 다물고
낮에는 꽃잎 활짝 열어 봄을 재촉하는 복수초(福壽草).

황금빛 꽃잎 열두 장이
봉긋 솟은 꽃술 무더기를 감싸고 있는 모습이
마치 열두 사도에 에워싸인 주님 형상인 듯.
'제발 내 말 좀 들어봐요~. 태양의 나라에서
뜨거운 복(福)을 나눠주러 왔어요~!'

흰 눈 속에서 찬바람을 견뎌내며
방긋방긋 속삭이는 복수초 !

그 모습 차마 애처로워 못 보겠구나.

그대, 아직도 꿈꾸고 있나요?

그대 꿈꾸던 시절
나는 그림자였어요.
그대여,
꿈꾸고 있나요?
달콤한 신혼의 꿈을?

며칠 전 신문에
"바람의 딸 60세에 결혼했다"라는 기사가 실렸고
어느 연극배우는 텔레비전에서 공개구혼을 했다.
그 여배우의 나이도 60이라고 했다.

사랑은 어느 날 번개처럼 오기도 하지만
거북이처럼 천천히 걷기도 한다.

세월 흘러 빛바랜 남색 치마
세파에 흔들리며 버텨온 그대
나이 60, 순백의 사랑
그 묘약의 취함은 어떤 것일까?

74세의 전 독일총리 슈뢰더와
48세 통역사 김소연 씨가 결혼하기로 했단다.

"난 비혼으로 살래요!" 하는 그대.
왜 달콤한 꿈
꾸지 않나요?
꿈꾸는 데 나이가 필요한가요?

사랑을 꿈꾸고 있는 그대여!
사랑은 물이 흐르는 나무에 생채기 내고
상처투성이에 진흙 발라주는
아픔인 것을 아시나요?

그대, 아직도 꿈꾸고 있나요?
사랑이라는 마취제 주사를?

사랑이란

화사하게 피어나는 꽃길을 걸으며
붉게 타오르는 냉가슴 앓는 열병.

끝이 보이지 않는 기다림 속에서
실바람에도 날리는 단풍 같은 외로움.

녹음방초 우거진 계곡의 흰 물살을 거쳐
강물이 바다를 지향하는 영원을 향한 꿈.

봄비에 젖어 떨어지는 꽃잎의 슬픔.
휘황하게 흩날리는 은행잎을 바라보는 쓸쓸함.

태풍에 꺾여 부러지는 나뭇가지의 아픔.
변덕스런 장마 같은 가슴앓이.

환각 속에 그린 그림 속에서
귓가를 스치는 바람결에 흔들리는 갈대.

세 살배기 아이의 해맑은 웃음에
살아 움직이는 삶의 원천.
사랑이란
욕망도 죽이고
소유도 버리는 비움 속에서

운명처럼
참아내는 것.

잊혀진 사랑의 계절

시공을 초월한 순수함 속에서
무색무염(無色無染)의 정수기 물처럼
가식(假飾)도 없는
젊은 날의 그 푸릇푸릇한
잊혀진 계절.

주검처럼 침묵하며
얼음조각 같은 차가운 아름다움은
만남과 헤어짐의 반복 속에서
항상 아쉬움으로 마음 졸인다.

미움이 있는 곳에 사랑이 있어야 한다지만
사랑이 있는 곳에 미움도 있기에
온 밤을 지새우는 상념(想念)속에서
연모(戀慕)의 정은
어느덧
커다란 나무가 되어있었다.

이별의 시간이 오고서야
사랑의 깊이를 안다고 했지.
운명을 믿어야 하나? 바보처럼.
용기없음을 탓해야 하나?

열병(熱病)같은 생과 사의 갈림길에서
이루지 못하였기에,
그것은
잊혀진 사랑의 계절이었다.

KTX에 올라

밤사이
흰색 물감칠한 산과 들.
들녘 넘어 동화 속 마을 저 멀리에 피어오르는 연기.
나는 한 폭의 그림 속으로 들어간다.

끝없이 이어지는 설국열차.
얼어붙은 호수에 낮게 깔린 운무.
송전탑, 터널, 까치집, 구름을 가르고 간 비행기 흔적.
겹쳐지는 나지막한 산과 산,
산 사이로 부드럽게 미끄러지며 오송역으로 들어선다.

아침 7시 행신역에서 출발한 KTX.
9시 10분 옥천 도착.
청명한 햇빛이 온 누리를 비춘다.
눈꽃 나라를 벗어난 KTX를
끝 간 데를 모를 비닐하우스 농장이 맞이한다.

곧이어 동대구역 도착.
좁은 땅에서 어느 곳은 눈이 이불처럼,
아랫녘엔 햇빛이 쨍쨍!
참 좋은 구경이로다.

드디어 종착역 부산임을 알린다.
오랜만에 즐기는 KTX 여행이었다.

새벽을 여는 사람들

이고 지고, 새벽을 연다.
꼭두새벽, 샛별 스러지기 전 전철을 탄다.
부족한 잠에 빠져 꿈꾸던 그 꿈 이어간다.
나도
등산복에 배낭 메고 그 틈에 낀다.
오늘은 또 어떤 곳일까?
지난가을
주왕산 현란한 단풍, 기암절벽 떠오른다.

오늘,
동양의 나폴리 통영, 한산도 바다 냄새. 맑은 물 냄새.
이순신 장군님도 만나볼까?

공부하러 가는 학생, 일터로 가는 일꾼, 여행객
꿈속 헤맬 그 시간!

오늘도
새벽을 여는 사람들!

마지막 걷는 길

매미 울음소리 그치던 날.

매일 걷던 그 길 위에서
내가 걷는 길의 끝은 어디인가
생각해 보았다.

발밑에서 부지런히 움직이는 개미떼.
그들은 어디를 그리 바삐 가고 있는가!

멀리 밝아오는 여명에 황금빛으로 물든 구름.
새벽을 여는 산책길.
풀숲 바위 턱에 앉아 쉬고 있는 노인.
그 노인이 가는 길은 어디인가!

정신없이 걸어온 길.
어언 80년!

먹고, 자고, 먹고, 자고…
두 갈래 세 갈래 갈림길 위에 서서
어디로 가야 할지 방황하던
그 길의 끝은 어디인가!

허무함이 구름처럼 밀려오는 지난 발자취.
막바지라 생각하며 걷던 그 길.

한 가닥 희망의 끈 붙잡고
뚜벅뚜벅 걸어온
이 길의 끝은 어디인가!

행복

문득, 하늘을 본다.
높다.
맑다.

소슬바람이 간지럽다.
처음 만나 스킨십 할 때처럼…

이 순간 지구촌 곳곳에서
이념, 종교 갈등, 전쟁으로 얼룩져 난민은 죽어가는데…
끝이 보이지 않는 비극
모래 폭풍이 천막촌을 쓸고 지나가는데…

나는 살아 숨 쉰다.
가슴이 저민다.

나 혼자 이래도 되는 건지
누군가를 사랑할 때처럼…

문득, 하늘을 올려다본다.
행복이 가을 따라 가슴으로 온다.

꽃향기처럼

사람에게 꽃처럼 향기가 난다면
어떻게 살아왔는지 묻지 않아도 안다.

때론, 세상을 원망하던 때도 있었지.
이유 없이 화를 내기도 했지.
그러나
삶의 이야기 속에 정이 가는 사람.
사랑이 있어 감동이 밀려오는 사람.

고맙다, 감사하다는 말.
'잘 있었니?' 안부 전하는 그 말 한 마디.
멀리 있어도, 기약은 없어도
'세상 살 만하구나!' 생각했었지.

가끔 전하는 카톡 문자에
'같은 공간에 숨쉬고 있구나!' 생각했었지.

비록 떨어지는 낙엽처럼 시들어 가지만
꽃처럼 향내 피우는 사람!
바로 너~!!

6부

그래도 팔십은 가야지!

오래전, 할머니 할아버지 일찍 가시던 그 시절.
모두들, 환갑이면 임무수행 다했다고 했지.

하지만 이제는,
너나 할 것 없이 80이란다!

젊을 땐 영영 안 갈 것 같아 술, 담배 탐닉하며 날밤 새운 일이
몇 날 며칠인지,
후회한들 이미 때는 늦었지.
온몸은 오래 쓴 기계처럼 낡고 힘없어.
기계야 부속 갈아 끼우면 되지만
사람이야 어디 쉽게 고쳐질까!
그래도 열심히 병원은 다녀야지!

노인정엘 가보면 80도, 90도 아무렇지 않은 것 같은데
누가 뭐래도 평균은 가야지!
노인 문제 심각하고 오래 사는 것도 문제라지만
근대사에 이만큼 살게 된 것이 다 누구 덕이란 말인가!
누가 뭐래도
80까지는 가야지!

갈등(葛藤)

그해 여름 어느 날!
해가 중천에 떠있음에도
거리는 침침하고 음울했다.
도시는 밤사이 잿빛으로 변해 있었다.

골목마다 돈이 넘치는 곳.
그곳은 사채업자의 천국이었다.
도시는 온통 빚잔치를 하고 있었다.
너도나도 빚으로 사업하고 있었다.

동업자가 당좌를 바꿔
도망을 갔다~!!

그리고 또 1년이 흘렀다.
퇴직금도, 집도, 약속어음도 모두 눈처럼 녹아 버렸다.

그는 졸지에 빚쟁이가 되었다.
거리의 방랑자가 되었다.
엉킨 실타래는 풀리지 않고
안개 자욱한 도시 속에서 미아가 되었다.
온몸은 부서지고 정신은 혼미해갔다.

어느새
얽히고설킨 가시덤불 속에 던져져 있었다.
그리고
등나무 줄기처럼 떨어질 줄 몰랐다.

인생, 그 아름답던 시절 !
세상은
온전히
암갈색 빛깔로 변한
어둡고 황량한
벌판이 되어 있었다!!

인생길 한 편에 서서

내 삶의 수많은 질곡(桎梏) 속에서
갈팡질팡, 풍랑 속의 돛단배같이
언제 파선할지도 모르며 살아온 세월.

만일 내 인생을 되돌릴 수 있다면….
삶의 목표를 세우고
한결같은 마음으로 진력(盡力)을 다하며
다시 살고 싶다.

천방지축(天方地軸)
이리 갈까 저리 갈까 망설이다 보니
해는 뉘엿뉘엿 산마루에 걸쳐있다.

지는 해를 붙들어 맬 수는 없는 일.
남은 생 한 자락을,
내 모든 삶의 잘못을 뉘우치고
치열하게 살지 못함을 반성하고…….
지금부터라도
이 세상에 태어난 흔적을 남기고 싶다.

그것은 내가 가진 것, 나의 능력을 썩히지 말고

타인을 위해 봉사하는 삶을 사는 것이다.
지금까지는 나와 내 가족만을 위해 살아왔다면
앞으로는 이웃과 공동체를 위해
나를 던지고 싶다.

나에게 마지막 소망이 있다면
내 능력 밖의 일이겠지만,
버림받는 아이가 없는,
병고에 시달리며 천대받는 노인이 없는,
일자리 없이 빈둥거리며 놀고 있는 젊은이가 없는,
사리사욕을 위해 피 흘리며 싸우는 정쟁(政爭)이 없는 그런 정치,
좌도 우도, 극한 대립하지 않는 사회.
범죄 없는 살기 좋은 나라.
법이 살아 움직이는 공정한 나라.
남북이 전쟁 없이 통일되는 그런 나라!

저물어가는 한 해를 보내며
남가일몽(南柯一夢)이 아니기를 바라며
이런 것들을 꿈꾸어 본다.

병마와 싸우는 삶

어머니 배속에서 나올 때 우는 건
두려움 때문이지만,
살아가면서 우는 건 우연이 아닌 필연이죠.
병마와 싸우면서 오는 고통은
그대 스스로 만드는 것이기에.

불가에서는
삶이 죽음이요, 죽음이 곧 삶이라고 말하지만,
아프다는 것과 아프지 않다는 것은 동전의 양면이죠.
똑같은 육체에서 나오는 울림이기에.

칼날이 몸속 깊숙이 상처 내는 것.
차라리, 바이러스로 인한 고통보다 더 낫지요.

병마의 고통을 겪어보지 않은 사람은
어찌 알까요.
고통이란 자각하는 것.
딱딱한 호두껍데기를 깨고 나온다는 것을.

젊은 사람은 어찌 알까요
온몸이 병원 되고 약방 된다는 것을.

나이 들어가면서
비몽사몽.
다리가 후들후들.
계속되는 오한(惡寒), 한기, 두통,
쏟아지는 잠에다 삭신까지 쑤시고
정신이 피폐해지고,
육체가 마른 나뭇가지처럼 뒤틀려도,

한가로이 떠다니는 구름 한 조각 바라보니
기쁨으로 온몸이 가벼워지며
비로소 알게 되었지요.
고통을 참아낸다는 것은
신에 대한 예의인 것을,

여로(旅路)에 오르다

걷고 있다, 끝이 안 보이는 길을.
오늘도 암 병동 문턱은 만원이다.

끝이라고 생각하는 그 문의 저편.
그곳은 곧 스러지는 구름인가!
누구인들 언젠가 그 문턱을 넘겠지.
그들의 음성은 이제 누구의 것일까?

아름답던 추억의 뒤안길,
꽃피던 어린 시절엔
슬픔도 아픔도 즐거움이었지.
피 끓던 청년 시절엔
총알이 날아오던 전쟁터에서도
겁이 없었지.

모든 것은 다 이루어지리라 꿈꾸었지.
고통의 시절에도,
분노의 절정에서도.

아직은,
꽃을 그리며 걷고 싶은데….
활짝 핀 꽃이 스러진다.
희망이 꺾어진다.

이제 나는,
마지막 낙원을 꿈꾸며 기도한다.
완성을 꿈꾸며 사는 고통과 투쟁을 멈추게 해달라고,
남은 인생길에 후회 없는 삶을 살아보겠다고,
우리 각자에게 알맞은 죽음을 허락해 달라고.

꽃은 피고 있는데

엊그제 신문에서 보았다.
친구의 형님이 소천했다는 소식을.

공원 언덕배기를 부지런히 돌다가 벤치에 앉아
하늘을 올려다보았다.

80대 중반이면 노환으로 가는구나.
나도 이제 이 세상 소풍할 수 있는 날이
그리 많지 않겠구나.

나는 누구인가?
나는 왜 사는가?
내가 원하는 게 무엇인가?

돌아오는 길모퉁이에 복실이가 졸고 있다.
세상 모두가 죽은 듯 조용하다.

그리워라!
진달래꽃으로 채색된 뒷동산
냇가에 빨랫방망이 노랫소리
온 들판에 울긋불긋 꽃 피어 평화롭던 시절.

6부

전쟁, 그 참혹한 강산
핏빛으로 물들어 폐허 되어도
새벽종이 울렸네,
잘살아 보세!
우리는 일어섰지!

코로나19의 거센 입김에
사람과 사람이 만나길 주저하는 세상.

온 세상이 공포 속에 떨어도
이 또한 지나가리라.
지나가리라.

파도

인생
성난 파도에 돛단배처럼
온몸을 내려쳤지.

바닷물이 고이면 썩은 물이 되듯이
심장의 고동이 멈추고
죽음이 내 앞에 서서
인생도 그렇게 흘러갔지.

파도
밑바닥을 뒤집어서
죽음처럼 고요한 바다를
새롭게 정화했지.

파도여!
아! 나의 성난 파도여!
너는 내 심장을 되살려놓았구나.

하루살이

하루살이는 하루가 전 생애.
오늘이 전부라네.

한 친구 저세상으로 떠나고
텅 빈 오늘 되었네.
오늘이라는 시간이 너무 촉박해
문상 온 친구들과 제대로 대화 못하고
다음 스케줄 달려갔네.
마지막 일정
50년 전 베트남 전장 전우들과의 만남.

오늘 하루
하루살이에게는 전부라네.
난 오늘 하루
물 흐르듯 바람처럼 보냈네.

하루가 전부인 양,
나무가 묵묵히 서 있듯, 구름이 유유히 흘러가듯,
자연 섭리에 순응하며
내일도 하루살이처럼 살리.

아침을 맞이하며

앞 베란다 창문을 열고 심호흡을 한다.
저 멀리 동쪽 바다에서부터 희뿌연 여명이 밝아오고 있다.

줄기차게 내리던 비는 밤새 그쳤고
깨끗하게 목욕한 대지와 초록의 나무들이
새색시마냥 서 있다.

오늘 하루도 즐거운 하루
성당 요셉회 모임이 있는 날이다.
모두 그간 어떻게 지냈을까?
오늘 메뉴는 오랜만에 삼겹살로 정했다.

짧고 귀한 일생을 걸어가면서
서로에게 도움과 위로가 되는 관계를
우리가 얼마나 원하고 있는가!
그럼에도 살다 보면
우리는 얼마나 자주 관계의 단절을 느끼는가!
기쁨을 찾을 수 있는 관계가 항상 유지된다면
천금을 주어도 아깝지 않을 것이다.

아! 정말 상쾌한 아침이다.

슬픈 사랑

처음엔 단미*였는데
언젠가부터
소소리 바람**처럼 살갗이 따갑다

인간은 원래 변덕 심한 존재이지만
어느 날, 사랑은 우레처럼 미움으로 변해
내 마음 할퀴고 떠난다.

쓰디쓴 키니네 삼키며
마음속 용광로 가만히 쓰다듬으며,
"그 미움, 사랑으로 변할까요?"

만남과 헤어짐도 운명이고
사랑과 미움도 꽃이 피고 짐 같으니
밤새워 뒤척이며 그루잠 지새우다
피곤에 지친 몸 다시 세워
허우룩한 생각 다스린다.

한 잎 두 잎 낙엽 떨구며
차디찬 북서풍에 묵묵히 견뎌 낼,
저 변함없는 나무 바라보며
"사랑은 어떤 것인가요?" 물어본다.

슬픈 사랑
그것은 달콤한 사랑의 또 다른 모습.
영원히 변하지 않는 사랑이란 없는 것인가요?

*   단미: (우리말) 달콤한 여자, 사랑스러운 여자.
**   소소리 바람 : 이른 봄 차고 매운 바람.

봄비와 고로쇠나무

해동(解凍)하는 경칩(驚蟄)에 살금살금 다가와
겨울잠 깨우는 봄비야!
깜깜한 밤을 지나 동트는 새벽에
네가 와주어 반갑구나!

사람들은 고로쇠 물을 좋아해 수액(樹液)을 뽑느라 열심인데
조금만 더 기다려 봐. 더 많이 나눠줄게.

칼슘, 미네랄, 마그네슘
위장병. 관절염에도 좋다니

나도 좋은 일 하고 싶어
네가 감로수(甘露水)를 내려주고 수액을 주니

고맙구나
봄비야!
고로쇠나무야!

인생은 흔들림 속에

인간은 흔들리는 갈대.
언제나 흔들림이다.
흔들림 없는 인간은 없다.
흔들림은 인생이다.

바람결에
물결에
마음결에
끝없는 흔들림
우리는 너무도 많은 흔들림 속에 있다.

눈보라 칠 때
비바람 불 때
태풍 몰아칠 때도

잔잔히 흐르는 물처럼
흔들림 없는 사람!
그것이 우리가 지향하는 인생이다.

알밤 줍던 날

툭 툭 투두둑
알밤 떨어지는 소리!

전철 두 번,
버스 두 번 갈아타고
네 시간 만에 너를 만났구나!

이런 곳도 있었던가?
온 천지가 알밤이구나!

무아지경
손이 밤 가시에 찔려도 아프지 않은 세 시간.

아! 어느덧
허리가 아파오는구나!

공짜로 그냥 줍는
어린아이 머리통만 한 알밤들.

어느덧 배낭 가득
더 이상은 필요 없네.

오늘 하루는
내 생애 최고의 밤 줍는 하루

바람불어 좋은 날
아내의 웃는 얼굴이
익은 알밤처럼 탐스럽게 떠오른다.

나이 듦에 대하여

나이 들어가는 것이란
점점 더 병원과 친구가 되는 것.

나이 드는 것이란
무거운 짐 내려놓고
해 질 녘에 고갯길 넘어가는 나그네.

그러나 나이 들어 붉게 익어가는 열매를 보라
그 얼마나 먹음직한 결실인가

나이 들어 찬란한 마지막 빛을 발산하는 저녁 해
그 현란함이 우리를 감동케 한다.

울울창창한 숲이
조금씩 조금씩 단풍으로 물드는 아름다움.
휘황한 꽃동산의 꽃들이 향기 내며 흩날리는 것.

한탄하지 마라
나이 들수록 명상과 영성 생활에 빠져라.
미켈란젤로는 70세에 성 베드로 대성전의 돔을 장식했고,
괴테는 파우스트를 80이 넘어서 완성했다.

슬퍼하지 마라.
육체는 비록 쇠약해 갈지라도 정신은 더욱 명경처럼 밝게 하
라.
젊은 시절 이루어놓은 업적을 비춰보라.

후회하지 마라.
네가 뿌릴 씨알이 있지 않으냐.

준비하라
게을리하지 마라.
봉사하는 삶을 살아라.

더 나은 세상을 위하여 헌신하라.
마지막 가는 길모퉁이에서.

태화강변 대나무 숲

그것은 꺾이지 않는 경이로움이었다.
저 광포한 바람에 아름드리 나무 쓰러질 때도
꿋꿋이 버티는 흔들림.
차라리 송두리째 온몸 내어주고 있었다.

그것은
하늘이 보이지 않게 높게 뻗어
너와 나 하나 되어 깊은 땅속에서 떨어질 줄 모르며
허공을 향해 끝없이 의지하는 열정이었다.

내가 만일 태화강 변에서 뿌리내린 대나무라면
쉼 없이, 쉼 없이 내장 비우고 또 비우며,
끝이 안 보이는 창공을 향해 뻗고 또 뻗어대며
줄곧 희망가 부르리.

내가 다시 예전으로 돌아간다면,
밤낮 가리지 않고 40일 동안
바람과 친구 하는 저 숲에서
차르륵 차르륵 서로 껴안고 부딪히며,
대나무 닮게 하소서 닮게 하소서 기도하며
올곧은 사람으로 다시 태어나리.

눈보라

그해 겨울
펀치 볼(punch bowl)
하늘과 땅이 하나 되어
흰색 가루로 뒤덮여 있었다.

방한복에 눈(眼)만 내놓고
그곳에서 우리는 전쟁 연습을 했다.

오직 보이는 것이라곤 눈(雪), 눈, 그리고 또 눈.
인적 없는 광활한 분지(盆地)에 계속 쏟아지는 눈.
차라리, 우리는 눈과의 전쟁이었다.

밥도, 국도, 온통 얼어
옥수숫대로 불을 피워 녹여야만 했다.

아! 징글징글한 눈보라!
지금에서야, 멀고 먼 추억으로 떠올라
슬픔도, 아픔도, 고난과 투쟁까지도
흘러가는 파노라마처럼 아름다움이었다.

폭포수가 흘러가는 곳

굽이굽이 흘러가는 강물.
언제쯤 바다에 닿을까?

말없이 걸어가는 강물은
끝닿는 곳 없어 바다가 그립다.

고개 너머 고개,
산 넘어 산.
바다가 보이는 곳. 그곳이 끝이던가?

흐르고 또 흘러도, 산에 막혀 돌고 돌아
드디어 낭떠러지 만났구나!

강물은 폭포수 되어
아래로 아래로 끝 간 데를 모르는데
마지막 닿은 곳 그곳은 바다였네.

살고 살아가다가 살아오다가
인생길 마지막 피안의 세계.

그곳엔

죽음을 초월한 사람들이 있고
평화를 찾은 다른 세상 있구나!

인생은
폭포수처럼 흐르고 또 흘러 마지막 닿은 곳,
그곳은 천상의 낙원.
영혼의 안식처였네.

6부

좋은 글을 만나면

저녁 해가 바다로 서서히 빠질 때
그 찬란하게 물드는 풍광.
건너편 산자락에서 힘차게 솟아오르며,
온 세상을 밝히는 황금빛의 향연.

갈릴레아 호수에서
차가운 물을 두 손으로 흠뻑 퍼 올릴 때

사해에
두 발 뻗고 누워 둥둥 떠다닐 때

심장이 고동친다.
일렁거린다.
가슴이 저릿저릿 저려온다.

나를 되돌아보게 한다.
절망을 넘어 다시 일어서게 한다.
힘이 솟는다.

좋은 글을 마주할 때가 딱 그렇다!

7부

어둠을 넘어서

낮이 되어도 해가 뜨지 않던 나날들.
어둠은 계속되었다.
세상은 먹구름 속에 갇혀 움직임을 멈추었다.

그가 어음을 할인하여 잠적했다.
회사는 부도가 났다.

한 치 앞을 보지 못하는 장님.
사람을 판별하지 못하는 바보.
공금횡령, 사기에 걸리다니!

아아, 빛을 잃은 하늘!
세상 어느 곳에도 희망은 없었다.
검은 옷자락의 그림자가 눈앞에 어른거린다.
낯선 죽음의 낮은 목소리가 환청처럼 들렸다.

온 나라를 다 뒤져도 찾을 수 없었던 인간.
그를 묻어버릴 묘지를 생각했다.

그렇게 젊음은 쇠락해 갔다, 절망 속에서.
텅 빈 들판에 서서 망가진 육체와 정신을 지탱하며,

한여름 밤의 꿈이었으면 얼마나 좋을까 생각했다.

벼랑 끝에서 먼 하늘을 쳐다보았다.
캄캄한 길모퉁이를 돌고 또 돌았다.
빛이 비칠 때까지, 황야에서.
죽음을 꿈꾸는 자는 죽음을,
삶을 꿈꾸는 자에게는 삶을,
길고 긴 어둠의 나날들.

청춘은 덧없이 흘러갔다.

신은 한쪽 문이 닫히면 또 다른 문을 열어준다고 했지.
스스로 노력하는 자에겐 패자 부활전도 있어.
희망을 품은 자에게만이 기적이 나타난다고 했어.
모든 걸 버리고 밑바닥에서 재출발해야 해.

세월이 오래 흐른 후에
햇빛이 온 세상을 밝히는 날이 왔어.
그것은 기적이 아니었어,
각고 노력의 결과였어.

구하라 주실 것이요,
찾으라 찾을 것이요

두드리라 그리하면
문이 열릴 것이니.

7부

흔들리는 하루

안개 같은 미세먼지가 자욱이 널려있다.
먼지투성이 차에 비가 몇 방울 떨어졌다.
차라리 세차게 쏟아졌으면 얼마나 좋을까!

세상이 참 어지럽다.
정치도, 경제도, 사람들도, 모두 어지럼병에 걸렸다.
개념 없는 지도자 만나
베네수엘라 꼴 날까 두렵다.

소송을 해야 할까, 더 기다려야 할까?
김 변호사와 전화통화를 했다.

또 다른 건으로 박 법무사를 만났다.
머리가 어지럽다.
하늘이 우중충 내려앉아 있다.

기원에 들려 머리를 식혀야겠다.
바둑이 잘 안 풀린다.

거리를 걸으며 하늘을 올려본다.
햇빛이 그립다.
마음이 무겁다.
해 질 무렵 구름이 걷혔다.
어느덧 흔들리는 하루가 지나갔다.

그래도,
그럼에도,
희망은 항상 내 곁에 붙어있다.
내일은 흔들리지 않는 맑은 날 오겠지.

7부

시(詩)

시란 무엇인가요?
시는 내 마음의 노래를 글로 쓴 것 아닌가요?
시를 쓰면서도 시는 어려워요 하고 말하지만,
우리는 살아가면서 노래는 불러야겠지요.

노래를 부르면 즐거워지니까요.
자유시면 어떻고 산문시면 어떤가요!
우리 다 같이
내 마음에서 나오는 노래를 불러봅시다.

산이 아름다운 채 서 있고
물은 노래하자며 흘러가지만
우리네 인생은
좌절 슬픔 희망 기쁨이라는 노래가 있잖아요.

우리 다 같이 마음속의 노래를
적어봅시다.
시는 아름다워요.

벗이 있다면

사는 동안
어리석음 자책하며 울기도 많이 했겠지만
찾아갈 벗이 있다면
희망을 꿈꾼다.

수많은 시간의 저편
하늘의 별을 세며
가슴 찢는 아픔도 있었겠지만
기별 없이 찾아가고픈 벗이 있다면
나는 행복을 꿈꾼다.

가까이 있어도 멀게만 느껴지는,
한평생 살아오면서도
온갖 것을 뱉어낼 수 없는 사람들.

그렇지만,
벗이란
쓴 술 한 잔에도
카타르시스를 느낀다.

비록 도움 주지 못할지라도

살다 보면
섭섭할 때도 있겠지만

그래도
얼굴 마주하면 반가운
벗이 있기에
세상은 아름다워라.

시가 노래 되어

시가
한 줄기 빛이 되어 감미롭게 다가옵니다.

시가
눈물 되고 연서가 되어
가슴을 적십니다.

어느새
시와 나는 한 몸 되어 마음이 맑아지고
영혼 속에 기쁨이 잠깁니다.

차디찬 겨울
송이송이 눈이 내려도
심장에 아직은 온기 남아 있기에
내 슬픔과 환희가 방울방울 시가 되어 떨어집니다.

점점 더
시가 노래 되어
식어가는 내 영혼을 혼불로
따뜻하게 감싸 줍니다.

눈(目)에 찾아온 손님

눈길 끌고 싶어
가출(家出)도 하고 눈에 불을 켜고 날밤도 새웠다.

만물(萬物)이 다 눈 속에 들어있건만
항상 성난 눈으로 노려보며
세상을 살아왔다.

이제
눈에 흙이 들어갈 때가 되니 주마간산(走馬看出)
지난 일들이 회한(悔恨)으로 다가온다.

그러나 불현듯 찾아온 손님, 백내장(白內障).
수정체에 얇은 커튼 드리우고.
1등 사수의 눈!
라이트를 켜도 온 세상이 뿌옇게 보인다.

드디어, 올 것이 왔구나!
그렇지만 눈이 오만 냥이라는데.
수술해야지!
아름다운 세상 다시 봐야지!

누군가 행복할 수 있다면

나로 인해
누군가 행복할 수 있다면
그 얼마나 놀라운 축복입니까!

내가 해 준 친절한 말 한마디.
나의 작은 선물.
내가 베푼 관용과 배려.
내가 도와준 일로 인해 누군가 행복할 수 있다면
우리는 이 땅을 살아갈 의미가 있습니다.

나의 부드러운 미소.
나의 작은 봉사.
내가 나눈 사랑.
내가 함께해 준 일들 때문에 누군가 기뻐할 수 있다면 우리는
내일을 소망하며 살아갈 가치가 있습니다.

여름밤의 음악회

그리 무더운 날에도
아람 음악당은 피서처

100명이 넘는 합창단
'휘가로의 결혼' 울려 퍼지고

'동무 생각' 따라 부르다
옆 사람 눈총받아

재독한인 합창단
난파 합창단
동·서 국제 필하모니
오케스트라 연주에
가슴이 파동치네

사공의 노래
보리밭 가곡에
박수로 호응하고
고향의 봄 노래에
청중도 합창하니
무더위 핑계로

갈까 말까 망설이다
감동의 음악회
놓칠 뻔했네

여름밤의 음악회
무더위를 물리고
먼 바다 파도까지
나에게 밀려왔지

여자니까

여자니까
전철에서 화장한다.
장미보다 붉은 립스틱 바르고
높은 하이힐 신고
겨울에도 핫팬츠를 걸친다
여자는 춥지 않다.

여자니까
S라인 만들고
예쁜 종아리도 보인다.
연방 머릿결 만지고
백설 공주처럼
거울아 거울아 한다.

남자만 모른다.
쳐다봐 주기를 바라고
꽃처럼 아름답다고 해야
하얀 이를 드러내고 웃는 걸
여자는 눈이 세 개 달린
외계인이다.

사랑의 의미

사랑은 그리움인가? 이기심인가?
그것은 욕심이 아닌 자아의 헌신이다.

사랑이란
끌림이고 중독이며 아름다운 흔들림이다.

사랑에 미친 사람은
자신조차 이해하기 힘든 오묘함과
우주의 혼돈 속에 녹아든다.

그러나 사랑은 중독의 해독 과정이며
집착을 뛰어넘어야 하고
미친 가운데 정신 차림이다.

사랑의 완성은 질서를 바로잡음이며, 혼돈을 정리함이요,
변함없는 습관의 종결이다.

사랑은
인간에게 주어진 신의 가장 큰 선물이며,
모든 문제의 알파와 오메가다.

첫 만남

그녀를 만났던 처음
큐피드의 화살은 심장에 멈추었다.

천공을 날고 있는 나비처럼
천사가 인간으로 환생한 듯
수줍은 국화꽃 모습으로 다가왔다.

만남, 그리고 이별
짧은 해후

세월의 강은 흘러 흘러
운명은 우리를 갈라놓았다.

우리는 꿈속에서 견우와 직녀 되어
무지개 다리 위에서 만났다.

인연은 태평양을 사이에 두고
그리움 속에서 그리다가
이제는,
영원히 아름다운 추억 속으로 사라졌다.

서울역 단상(斷想)

허리 꼬부라진 할아버지가 남대문 경찰서를 찾는다.
어린 여학생이 하의를 내놓은 채 지나간다.
그녀의 부모는 누구일까, 겨울철인데…

노숙자는 왜 줄지 않을까?
'보안법 철폐, 미군을 쫓아내자' 플래카드가 걸려있다.
'미군 철수 후 월남은 공산화되었다.'라는 플래카드도 나란히
붙어있다.

이재수 사령관 추모단이 설치되어 있다.
대한애국당은 매주 토요일 천막을 친다.
박근혜 석방 서명운동을 하고 있다.

컵라면 타기 위해 길게 늘어선 행렬
사람들은 부지런히 제 갈 길을 오가는데
문재인정부 실정(失政)이 마이크를 타고 흐른다.

서울역이 어지럽게 흔들린다.

신노년에 보내는 편지1

나이가 들면 가슴을 비워라.
심장이 따뜻하면 육체는 녹슬지 않는다.
5년, 10년 뒤의 모습을 걱정하지 마라.
오늘을 잘 살아라. 그것이 그날의 준비다.
그러면 정신은 점차 명징(明澄)해질 것이다.

나이가 들면 육체는 비록 허약해질지라도
사리분별은 더욱 빛을 낸다.
마음의 눈을 밝혀라.
그것은 퇴화가 아닌 진보이며 고통이 아닌 축복이다.
아! 나이 듦에 대한 결실의 행복이여!

나이가 들면 정신을 가다듬어라.
과거에 집착하지 말고 현재를 직시하라.
눈을 감고 명상하며 자신을 투시해 보라.
끊임없이 매의 눈을 밝혀라.
오감을 동원하여 영혼을 맑게 하여라.

나이가 들면 유혹에 초연해지는 지혜를 준다.
근심 걱정에서 벗어나 깨우침을 이루어라.
크게 생각하고 세계평화를 위해 기도하라.
그것은 시작이 아닌 완성이며
회한이 아닌 희열이다.

아! 나이 듦에 대한 결실의 행복이여!

신노년에 보내는 편지2

산을 오르며 지는 해 바라보니
한강에 비친 풍광은 한 폭의 그림이구나.
어느덧 흘러간 인생,
저 강에 빠져드는 일몰과 무엇이 다르랴!

오르락내리락 반복하다 보니
어느덧 어둠 깔려 진광정 도착한다.
가로등 불빛 속 방화대교.
길게 늘어선 자유로의 자동차 행렬.
지금 우리는 어디로 가고 있는가?

인생은 고행이지만 마음을 비워라.
매일매일 삶 속의 소소한 즐거움.
오늘도 달빛 따라 마실 길 걷고 있네.

분노 품고 있는 사람, 숲 속을 걸어라.
땀을 흘려라.
근심 걱정 지는 해에 매달아 놓고
희망 노래하고 환희를 느껴라.

신노년이여!

신노년이여!

시들어가는 노인이 아닌
지혜를 밝히는 노인이 되어라.
그리하여 즐거움 속에 결실을 누려라.

신노년에 보내는 편지3

찡그리지 않고 있는데 친구가 얼굴 펴라고 하네.
구부러진 것 같지 않은데 허리 펴라고 하네.
그것이 내 모습인지 나는 모르는구나.

얼굴에 검은 점투성이.
눈, 코, 귀가 고장 난 것 알지만
훈장처럼 달고 다닐 때

좋아하던 등산 못하고
화장실 출입 잦을 때
나이 들어가는 것 자각한다.

가진 것 없어도 마음 나누고
외로운 사람 말동무해 주고
안식처 불안한 사람 편케 해주는
그렇게 하루해 넘기며 감사해할 때
그것이 진정 나이 듦의 행복이 아닌가요!

세상의 끝

그곳은 일급수가 뛰어노는 곳.
길고 긴 끝이 없는 묘사 호수가 있는 곳.
깊고 푸른 하늘엔 흰 구름이 점점이 어우러져
나무와 나무, 숲과 숲으로 뒤덮여 시공을 넘고 넘어, 이어지고
또 이어지는 산과 들.
이곳은 또 다른 지상의 천국인가!

왼쪽 언덕에 샛노랗게 칠한 밀밭.
오른쪽엔 새파란 물감의 초록 풀밭.
가도 가도 보이지 않는 단선 도로를
점점의 불빛에 매달린 크고 작은 자동차 행렬.
나는 꿈에 그리던 이곳 북유럽의 끝자락에 와 있다.

이 시간, 이 순간 함께한 사람들
멀고 먼 곳에서 온 그들은 온통…
자연이 만든 황홀한 풍광에 넋을 잃고
산과 바다와 호수에 어울린 채
오색으로 칠해져
향기 나는 그림으로 변해 있다.

잠시 숨을 고르는 사이

잔잔히 깔린 솔베이지의 노래가 흐르는데
뾰족집 사이사이로
양 떼들, 젖소들이 한가롭게 풀을 뜯는다.

오늘부터 나흘간,
나는 노르웨이의 절경을 질리게 보게 될 것이다.

아! 축복받은 8월의 오늘,
나는
오또강을 따라 꿈의 길을 가고 있다.

동화 속의 숲길

달리고 또 달린다.
꼬불꼬불 숲 속으로.
요정이 숨어있는 길 숲에
풀향기, 나무향기 싱그럽고
강이 전나무를 부르고
산과 들이 손짓한다.

동화 속의 뾰족집.
빨강, 초록, 노랑, 하양까지
색색의 집들이 점점이 흩어져
언덕에 어우러져 어깨동무하고
그림 속의 사람들이 살아 숨쉰다.

구차한 감탄사는 사치스럽고
폭포수 내뿜는 시시각각의 울림은
여행에 지친 우리를 생기롭게 한다.

길섶에 핀 꽃은 여름을 노래하고
만년설의 산들은 위풍당당한데
지구촌 북서쪽,
길게 뻗은 천혜의 나라.

자연은 살아서 생동한다.

산허리 따라, 구불거리는 길 따라
멀리 산 아래 샛강들은 흐르고 또 흘러
햇빛에 반사되어,
꿈틀거리는 뱀처럼 어디론가 끝없이 이어져 간다.

아! 내가 사랑하는 노르웨이.
이곳에 살다가
숲 속의 요정들과 잠들고 싶다.

게이랑에르

호수 그리고 하얗게 채색된 산
낮게 깔린 구름을 머리에 이고
마을 사이사이 2차선 도로를 간다.

바위산을 뚫고 터널 일곱 개 지나 아크슬란산
전망대에 올라 바다와 해변을 낀 올레순을 내려다본다.
티끌 없이 깨끗한 항구 도시.
지중해 연안 도시와 비슷하다.
수백 수천의 요트.
그것은 바이킹 족의 생활필수품.

숲을 뚫고 마을 건너
고속 페리로
게이랑에르로 간다.

빙하 시대 조각된 깊은 계곡.
새파란 강물, 깎아지른 절벽, 협곡.
이곳이 게이랑에르 피요르드.
둘러싼 산은 흰 눈 머리에 이고
폭포수와 강, 초록 숲이 합창하고 있다.

요정들이 사는 비올리 산

수천수만의 요정들이
양쪽 숲 속에서 잠자고 있다.
곧 밤이 오면,
깨어나 광란의 춤을 추겠지.

요정의 숲길 끝나 꼬불꼬불
산길 따라 올라간다.

드디어, 비올리 산 정상
꽝음 울리며 쏟아지는 물줄기.

물의 요정은 어디에 있는가?
하늘이 내린 風光明媚(풍광명미)
그 아름다움이 아찔하다.

마지막 밤

눈이 시린 노을빛이
영혼을 훔치는 아름다움으로 생을 마감하려는
노르웨이 야일로 여정 마지막 밤.
스멀스멀 피어올라
금세 주위를 막아버리는
거대한 안개의 강을 만났다.

어둠은 조금씩 조금씩 다가오고
새하얀 입김을 토해내던 강물은
솜이불 속으로 숨어버린다.

이른 아침에는
새벽별 쏟아내며
칠흑 같은 어둠 뚫고
새파란 강물과 뾰족지붕을
안개 커튼 사이로 살짝살짝 보여주며
세상을 밝게 열더니

해 지는 저녁이면
어디에선가 다시 밀려 나와
이 세상의 모든 더러움을 감추려 한다.

이국 여행에 지친 피로가
자욱한 안개의 포근함에 묻혀
어느덧
그리운 고국의 품에 안긴 듯하구나!

이제는, 감사해하며 살고 싶어

70년 전 그날,
B-29에서 폭탄이 소낙비처럼 떨어지고
그곳엔 집채만 한 웅덩이가 파였다.
밭갈이하던 누렁황소가 펄쩍 뛰며 놀란다.
그래도 아버지는 워이~워이~. 하며 달래셨다.

초겨울이 다가온 그 어느 날엔
밤하늘을 온통 물들이며 학교가 불탔다.
운동장에서 훈련하는 게 꼴 보기 싫다고
인민군이 그랬단다.

우린, 그해 겨울 사막의 모래톱에서처럼
눈 속을 빠져가며 장작개비 두어 개 짊어지고,
황토방에서 군불 때며 공부했다.
소나무 껍질 벗겨 먹고, 칡뿌리도 캐 먹으며.
굶는 게 일상이 되어도 우리에겐,
안개꽃 같은 가족 사랑이 있어
천사의 꿈을 꾸며 살았다.

이제는,
머리에 흰 눈 송이송이 내리고,

고목처럼 물기 없어도

신노년의 터전인 복지관이 있기에
단전호흡, 게이트볼로 건강 지키며
풍물교실, 실버 댄스로 젊음을 노래하고
생활영어, 중국어에 새롭게 도전하며
나자로의 집 봉사하며
활력을 되찾았다.

아! 지금은 감사를 말하자!
누구는 사랑을 말하고, 누구는 행복을 말하지만
사랑도 행복도 감사에서 시작하는 것이리라.
진홍빛이 옅어가지만
아직은 우아한 장미 같은 아내에게,
시들어 가는 국화꽃처럼 향기는 없지만
수수한 친구들에게.

항상 감사해하고,
아직은 살아 숨 쉬고 있음에 감사하고,
아직은, 하루하루 해야 할 일 많음에 감사하자.
네가 그곳에 있음에
밝음이 있고,
미소를 지을 수 있고,
근심, 걱정, 원망, 분노가 사라져 버리는구나.

이제는
순수함을 머금은 어린아이처럼
작은 일에도 손뼉 치고 기뻐하며
모든 일에 물 흐르듯 관대하며
바보처럼 항상 감사해하고
또 감사해하며
그렇게 살고 싶어.

애도(哀悼)

당신이 갑자기 죽은 후,
그동안 전혀 의견 일치가 되지 않던 친구들이
당신의 사람됨에 대해 동의한다.

실내에 모인 가수들이 예행연습을 하듯
그들은 이구동성으로 말한다.
당신은 공정하고 친절했으며, 운 좋은 삶을 살았다고

박자나 화음은 맞지 않지만, 그들은
연기를 하는 것이 아니다.
그들이 흘리는 눈물은 진실하다.

다행히 당신은 죽었다. 그렇지 않았다면
공포에 사로잡힐 것이다.

하지만 그 순간이 지나고
조문객들이 눈물을 닦으며 줄지어 나가기 시작하면,
왜냐하면 그런 날에는
전통의식에 갇혀 있다가 밖으로 나오면

9월의 늦은 오후인데도
햇빛이 놀랍도록 눈부시기 때문에,
사람들이 빠져나가기 시작하는 그때
당신은 갑자기
고통스러울 만큼 격렬한 질투를 느낄 것이다.

살아 있는 당신의 친구들은 서로 포옹하며
길에 서서 잠시 얘기를 주고받는다.
해는 뉘엿뉘엿 지고 저녁 산들바람이
여인들의 스카프를 헝클어뜨린다.

이것이, 바로 이것이
'운 좋은 삶'의 의미이므로,

지금 이 순간 살아 있는 것이
바로 그것이므로.

— 루이스 글릭 Louise Gluck (미국, 1943—)
2020년 노벨문학상

'갈대의 노래'를
읽고, 듣고, 음미하고……

김순옥
(강사. 문창·중국어)

곡심산고(谷深山高)라는 사자성어(四字成語)가 퍼뜩 떠오른다.
'산은 높고 골짜기는 깊다'는 의미지만, 나는 이 말을 '골이 깊
어야 산이 높음을 안다'로 풀이하고 싶다.

장재용 님의 시를 읽다 보면, 싸한 아픔이 폐를 깊이 찌른다.
깊은 수렁에 빠져 몸부림치다 헤쳐 온 시간들을 지나 사시사철
계절의 운행을 이야기하고 자전적 삶의 흐름을 담담히 써 내려
간 그날들!
그 긴 세월의 한(恨)으로 너무 깊기에, 저 많디 많은 가락이 나
올 수 있었으리라!

때로는 후회로, 한탄으로, 때로는 희망을 노래하며 비우고 또
비우면서….
자신을 아프게 깎아내리며, 한 글자 한 글자 시 형태로, 산문
형태로, 가슴 속 恨을 풀어 한 올 한 올 엮어낸 글이기에, 작가
의 인생이 송두리째 녹아있기에, 더욱 귀함이 느껴진다.

이제 한 세월 다 살아내고 뒤돌아보니,
단단한 애국지심과 이웃을 위한 배려심과 봉사정신이 가득한,
맑고 깨끗한 보석으로 변해 있을 줄 누가 알았겠나 !
'골이 깊어야 산이 높은 줄 안다'고.
인생의 쓴 맛을, 죽을 만큼 견뎌내 본 사람만이 인생의 진가(眞
價)를 알 수 있는 것이 아니겠나!

어둠속을 헤맬 때, 빛으로 나타나 붙들어주신 하느님의 은혜로
사랑을 회복하신 장재용 작가님!
'이제는 감사해하며 살고 싶다'고 크게 외치는 소리가 들린다.

-중략-

이제는
순수함을 머금은 어린아이처럼
작은 일에도 손뼉 치고 기뻐하며
모든 일에 물 흐르듯 관대하며
바보처럼 항상 감사해하고
또 감사해하며
그렇게 살고 싶어.

〈이제는, 감사해하며 살고 싶어〉 中

이제는 부디, 인생의 모진 풍파 다 잊고, 우리를 죄악에서 건
져주신 주님께 감사하며, 주님께, 잘 살아왔다 위로받으며, 주
님 안에서 포근하게 지내시길 바랍니다.

2021 辛丑年 초가을에
청천(淸淺) 金順玉 敬上

저자
··

장재용

동아대학교 재학 중 입대

한국방송통신대학 법학과 졸업

성균관대학교 대학원 경영학 과정 수료

베트남전 맹호 10포병 참전

육군 제30사단 포병사령부 통신과장 예편

성균관대학교 학생군사교육단 교관

㈜광명산업 대표이사

동아석재상사 대표

서울경기지역 아파트 관리소장

고양시 노인종합복지관 자살예방 상담역

2012년 신노년 문학상 수상

공저 : 인생연가

수필집 : 길 위의 명상

대한민국 현대사의 질곡을
삶의 문학으로 승화시킨 여정을 응원합니다!

권선복

(도서출판 행복에너지 대표이사)

    대한민국의 현대사는 그야말로 질곡(桎梏)의 역사라고 봐도 틀리지 않을 것입니다. 가혹한 일제의 수탈과 지배에서 벗어나 막 현대 국가로서 자라나려고 하는 순간, 6.25 한국전쟁이 일어나고 우리 민족은 잿더미 위에서 모든 것을 새롭게 시작해야 했습니다. 그 과정에서 수많은 피와 땀, 눈물이 흘렀고 그 결과로 지금 우리는 세계 10위권 경제대국이라는 이름 아래 풍요로운 생활을 구가하고 있습니다.

    대한민국을 이렇게 극적으로 변화시킨 역사의 주역은 물론 그 시대를 살아간 우리의 과거 세대들일 것입니다. 지독한 가난과 사회적 혼란 속에 한 치 앞도 볼 수 없는 삶을 살아가면서도 후손들에게는 결코 이러한 고통을 물려주지 않겠다는 단호한 의지로 하루하루를 살았던 과거 세대의 삶은 그 자체가 대한민국의 현대사 그 자체라고 봐도 무방할 것입니다.

시집『갈대의 노래』는 이러한 대한민국 현대사를 몸으로 견뎌온 장재용 시인이 역사의 굴곡 속 수많은 감정들을 삶의 깨달음, 자연의 지혜 속에서 문학으로 승화시켜 엮어낸 시집입니다. 젊은 시절 동아대학교 재학 중 입대한 시인은 맹호부대 포병으로서 베트남 전쟁에 참전하였습니다. 조금이라도 더 잘살고 풍요로운 조국을 만들기 위해 이국만리의 낯선 땅에서 피땀 흘린 바 있는 시인의 통찰에서 삶의 깊이가 느껴집니다.

시인은 사계절의 순환 속 자연의 세심한 변화를 날카로운 관찰력으로 잡아내며, 그 속에서 생명이라는 것, 삶이라는 것이 근본적으로 얼마나 아름다운 일인지를 노래합니다. 또한 아픈 역사 속에서 대한민국을 위해 스러져 간 호국 열사들을 떠올리며 호국 열사들의 평화로운 휴식을 가슴 깊이 기원하는 한편, 아직도 한국에 남아 있는 수많은 미움과 갈등, 분쟁이 더 큰 사랑 아래 사르르 녹아내리고 갈라진 이들이 서로 만나 얼싸안는 희망찬 미래를 위해 두 손 모아 기도하는 모습을 보이기도 합니다.

질곡의 대한민국 현대사를 온몸으로 살아내며 산증인이 되어주신 시인에게 깊은 존경을 표하며, 생명과 삶의 아름다움을 다룬 시집『갈대의 노래』가 많은 분들의 가슴에 행복에너지를 팡팡팡 전파할 수 있기를 희망합니다.

'행복에너지'의 해피 대한민국 프로젝트!
〈모교 책 보내기 운동〉

대한민국의 뿌리, 대한민국의 미래 **청소년·청년**들에게 **책**을 보내주세요.

많은 학교의 도서관이 가난해지고 있습니다. 그만큼 많은 학생들의 마음 또한 가난해지고 있습니다. 학교 도서관에는 색이 바래고 찢어진 책들이 나뒹굽니다. 더럽고 먼지만 앉은 책을 과연 누가 읽고 싶어 할까요?
게임과 스마트폰에 중독된 초·중고생들. 입시의 문턱 앞에서 문제집에만 매달리는 고등학생들. 험난한 취업 준비에 책 읽을 시간조차 없는 대학생들. 아무런 꿈도 없이 정해진 길을 따라서만 가는 젊은이들이 과연 대한민국을 이끌 수 있을까요?

한 권의 책은 한 사람의 인생을 바꾸는 힘을 가지고 있습니다. 한 사람의 인생이 바뀌면 한 나라의 국운이 바뀝니다. **저희 행복에너지에서는 베스트셀러와 각종 기관에서 우수도서로 선정된 도서를 중심으로 〈모교 책 보내기 운동〉을 펼치고 있습니다.** 대한민국의 미래, 젊은이들에게 좋은 책을 보내주십시오. 독자 여러분의 자랑스러운 모교에 보내진 한 권의 책은 더 크게 성장할 대한민국의 발판이 될 것입니다.

도서출판 행복에너지를 성원해주시는 독자 여러분의 많은 관심과 참여 부탁드리겠습니다.

도서출판 **행복에너지** 임직원 일동